いきいき健康「脳活俳句」入門

石　寒太
谷村鯛夢

ペガサス

はじめに

「健康いきいき」俳句生活のために

俳句は「つきつめるところ生と死を詠むこと」なのではないでしょうか。これは俳句を作るようになって以来、私がずっと考え続けていることですし、このごろ、いろいろなところに書いたり喋ったりしている、私のことばです。こういうことばに行き着くようになったのは、自分が七十歳半ば近くまで齢《よわい》を重ね、いろいろと過去のことを振り返る機会が増えたせいかもしれないな、そう思っていたのですが、どうもそうばかりではなさそうです。

先日、少し調べることがあって、昭和三十年代の古い俳句の雑誌をひも解いていたら、そこに私の「二十代初学の俳句五十句」と文章が載っていて、見ると「俳句とは、究極のところ生と死を詠むことにほかならない」、そう書いてあるので驚きました。今からもう五十年以上も前の記事です。そうしてみるとこのことは、私の俳句出発当時からの主題《テーマ》だったようです。

私は五十代まであまり大きな怪我もなく、病院とはほとんど無縁で、元気で健康だけが取り柄《え》の人間でした。それが十数年前の平成十一年（一九九九）の一月、突然に大腸がんを宣告されたのです。それもステージ4、生存率四十パーセントというのです。少し戸惑いはありましたが、でも自分としては死ぬなどということは毛頭考えてはいませんでした。なぜ死などが頭に浮かばなかったかというと、俳句を作っていたことが大きかったと思います。家族もですが、俳句の仲間たちが皆、自分のことのように励まし支えてくれたのです。このことは今となっても感謝しています。その後、再びがんで入院した時も同じです。人間「もうダメ」と思ってしまったら、本当におしまいでした。どんどん悪い方に落ち込んでいきます。「自分は大丈夫、絶対に治るのだ」、そう思うと、不思議に病状は快方に向かいます。

こうして、自分も死の淵から生還しました。あのとき諦めていたら、立ち直れずに、今の自分はまったくなかっただろうと思います。

俳句は「座の文芸」です。一人ではできません。みんながいて励まし合って作る、共同体の文芸です。これは俳句の歴史そのものが示してくれています。

この本を読んでいただければ、さまざまな方々が俳句に支えられて生き、いかに皆でいい俳句生活を楽しんできたか、それがとてもよくわかると思います。まさに「健康いきいき」俳句生活です。俳句を作ることが、健康のためにどれほど役に立つか。その具体的なヒントが、この中にはいっぱい隠されています。じっくりとお読みください。

たとえば、老後の三原則は「行くところがある、会う人がいる、することがある」だそうです。俳句の成績などは二の次です。俳句の会に行けば、そこには会いたい人が笑顔で迎えてくれます。それが力になるのです。一人で閉じこもってばかりいてはダメです。みんなと楽しく俳句をしましょう。そして「いい句ができたわね」と褒められれば、自分もまた楽しくなり最高な気分です。もうそれ以上言うことはありません。

俳句は生活の日記です。毎日のあったことを日記につづるように、俳句も今日体験したことを自分の日記として詠えばいいのです。一日が終わり、顔を洗って素顔になって夜、机に向かいながら、今日一日に出会ったことやそれにともなう自分のこころの動きを静かに見つめながら書きつけていくのが日記です。それと同じように、出来事をこころの記録として、俳句に素直に詠んでいけばいいのです。背伸びをしたり、ポーズを整えたりする必要はありません。今の自分のありのままを、素直に詠めばいいのです。

俳句は「魔法の杖」以上

この本の第三章に述べますが、俳句を作るということは脳の活性化につながります。ボケ防止や認知症の抑制にもつながります。さらに、感性を豊かにすることにもなるのです。

さて、俳句を始めたら途中で諦めずに続けることです。平凡なことばですが「継続は力」です。続けていると「ああ、俳句をしていて本当によかったな」という時が、必ず訪れます。これは俳句に関わった人のほとんどから聞かれることばです。

また、「俳句はいつから始めたらいいのでしょう」、これもよく聞くことばです。その時に私はいつも言うのです。「あなたが俳句はいいな、俳句を始めてみたいな。そう思った時こそ、あなたの俳句時ですよ」と。

これも第三章で述べますが、能役者の世阿弥《ぜあみ》のことばに「時分《じぶん》の花」があります。これは能楽論ですが、そのまま俳句にも当てはまります。それぞれの年代に合ったあなたの花を咲かせなさい、と彼は教えてくれているのです。俳句もそうです。自分の齢のその時々の俳句を素直に作りなさい、そうすれば自分なりの花が咲きますよ。

かつて作家の五木寛之さんと、新聞で「いのちの一句」について対談をしたことがあります。その中で五木さんは「俳句ってすごいパワーを秘めているのですね。それも一つだけではなく、いくつもの面で……」と言われました。

まさに、その通りです。俳句は苦しい時、愉しい時、哀しい時、さまざまな場で人を鼓舞してくれます。とても老人の文学や余技の文学ばかりではないのです。不思議な霊力を与えてくれます。それは魔法の杖以上に人生を応援してくれ、それが俳句の魅力となっています。俳句は日本語を知っていれば、いや、今や日本語でなくとも、海外の仲間の中にも俳句を作る人はいっぱいいて、誰でも楽しめるのです。

俳句を作り始めたころは、こんなに小さな詩型の中で、どれほどのことが言えるのだろうか？　そう不安になり、疑問を投げかける人も大勢います。でも、諦めてはいけません。逆に短い詩型だからこそ、それを逆手にとって表現できる方法もいっぱいあるのです。散文ではできない、最短詩型ならではの無限の小宇宙が広がってくるのです。だから私は、今日まで俳句を信じて、みんなと作り続けてきたのです。

俳句は小さな子どもから高齢者まで、年齢に関係なく誰でも作ることが出来ます。老若男女が参加できる文芸です。また、職業も関係ありません。板前さんがいる隣には学校の先生が、その横には看護師さんが、また会社の社長さんの前には医者や僧侶も参加しています。花屋さんの隣には肉屋さんも列《つら》なっています。これが句会というものです。その座を囲めばみな一人の人間、みな平等です。これが俳句の会のいいところです。

さあ、あなたも我々の俳句の仲間に加わって、テーブルの座につきましょう。世界は一つ、俳句は一つ。俳句の輪はどんどんどんと広がってゆきます。

本書は俳句が導いてくれる「健康いきいき」生活について、第一章から第四章までの基本コンセプトを石寒太《いしかんた》が執筆し、金子兜太《とうた》さん・嵐山光三郎さんと石寒太の鼎談《ていだん》「快老俳談」を挟んで、第六章から第十一章までの俳句実践編は谷村鯛夢《たいむ》さんが執筆しました。なお、本書には投句はがきを入れてありますので、気軽にチャレンジしてください。添削、講評をさせていただきます。

俳句の扉は、大きく開いてあなたを待っています。勇気をもって飛び込んできてください。

二〇一五年早春

石　寒　太

【目次】

第五章

第六章

第七章　もう一つの大事な約束は、「季語」を使うこと　127

第八章

第九章

第十章　こういうことも覚えておくと上達が早いかも　209

第十一章 仲間と作る面白さ、集ううれしさ、「句会」という楽しみ

カバーデザイン／クリエイティブ・コンセプト
カバー写真／永瀬嘉平
本文写真（第五章）／清野泰弘

第一章

頭も体もいきいき！
「いきいき俳句生活」を始めよう

俳句は誰でもできる。始めたら続ける

少し時間に余裕が出来たので、私も何かやってみよう。そう思っても、自分は何をしたらいいのか、思いつかない人も多いのではないでしょうか。そういうときは、自分の足元をまず見つめてみてください。

我々の国・日本には、俳句という昔からの伝統ある文芸があります。

俳句は五音・七音・五音という、たった十七音でつづる、世界一短いメッセージです。これをまず、思いつくままに紙に書いてみてください。このことばはあなたが誰かに気持ちを伝える出発点になります。

俳句は紙と鉛筆さえあれば、誰にでもできるのです。難しいことを考える必要はありません。あなたが見たもの、あなたが感じたことを、そのままことばに乗せ、相手に伝えようとすれば、それがそのままあなたの俳句になるのです。

俳句を始めるきっかけは、それぞれいろいろあるでしょう。出発は何でもかまいません。ただし、始めたら続けることです。石の上にも三年、寒太の上にも三年です。

俳句は短くてとっつきやすいけれど、始めてみるとなかなか奥が深いものです。そこですぐに諦めてやめる人がいますが、そこを踏ん張って続けると、だんだんに面白くなります。

俳句というとなんか古くさい、年寄りくさい、現代離れしているなどと敬遠する人もいるようですが、そんなことはありません。一度俳句の魅力に取りつかれたら、病みつきになること間違いなしです。

この頃はさまざまな分野の人たちが「遊び感覚」で自由に俳句を楽しむようになりました。主婦はもちろんですが、コピーライター、落語家、俳優、カメラマン……、それは俳句という表現の形、方法、考え方が現代感覚にぴったりとフィットしているからです。まず、古くさいという考えを捨ててください。

五・七・五音については、他の章で詳述しますが、日本語特有のリズムです。私たちが生まれた時から体にしみ込んでいるＤＮＡです。詩型は一見古そうに見えても、あなたの日常をあなたのことばで詠めば、それがそのままあなたの俳句になります。

俳句は作る人と詠む人をつないでくれる

そろそろ俳句を作ってみようかな、そんな気持ちになりましたか？　そうしたら次は、俳句を作る上での「三種の神器」です。

①句帳、②歳時記、③国語辞典、これが俳句作りの「三種の神器」です。大切なのは、人から借りるのではなく自分で買ってそろえることです。この三つがいつでもあなたの身の回りにあるように整えてください。

句帳は、俳句ができたらすぐに書きつけるためのノートです。高価なものは必要ありません。ポケットに入るくらいの大きさがいいでしょう。最近はスマートフォンを利用する人もいます。

次が歳時記です。四季折々の季節のことばが集められ、簡単な説明と例句が付いています。書店に行くと大小さまざまな歳時記が並べられ、どれを買えばいいのか迷ってしまうでしょう。初心者はポケット版で、しかも春夏秋冬が合本になっている歳時記か季寄せで十分です。

でも「何でもいいから、とにかく作ってごらん」と漠然と言われても、何をどう作ればいいのか、初めての人にはわからないでしょうね。

俳句は取り立てて難しいルールがあるわけではありません。五音（初五《しょご》あるいは上五《かみご》）と七音（中七《なかしち》）、五音（下五《しもご》あるいは座五《ざご》）、この三ブロックのトータルが十七音になればいいのです。

次に、その十七音のどこかに季節のことばを一つ入れてみましょう。俳句は季節の詩《うた》なのです。そのことばとなるのがこの季語です。

「なんだか難しそう」。そんな声が聞こえてきそうですね。でも、そんなことはありません。あなたの周りを見れば、季語だらけです。今が秋だとしてみましょう。赤い羽根・月・枝豆・秋の海・西瓜《すいか》・露・どんぐり・芒《すすき》・体育の日……、みんな季語です。わからなければ、買っておいた歳時記をパラパラめくれば、そのほかにもいっぱい出てきます。その中から選んでみてください。

俳句は世界一短い詩型ですから、この季語が作った人と読み手をつなぐ、キーワードとなります。そんな役割を季語が果たしてくれるわけです。人間でいえば、まあ臍《へそ》のようなものでしょうか。あって普通、なければ大変、そんなものです。

俳句は健康を支える「老後の三原則」にぴったり！

俳句を始めたら、とにかく仲間を見つけましょう。一人で作っていても、なかなか上達しません。作った句のどこがいいのか、どこが悪いのか、いろいろな意見を聞くことが、俳句の上達の早道です。

「俳句は座の文芸だ」と言いました。江戸時代までは、俳諧といって何人かの複数で作り合っていた共同体の文芸でした。昔からある古い形式と思っている人が多いようですが、今の五・七・五音だけで独立したのは明治以降です。それまでは誰かが五・七・五音を詠んだら、次に別の人が七・七音を付けて、この二つを鎖状に繰り返しつなげていった、まさに「座の文芸」だったのです。

歴史的にいえば、連句（歌仙）の最初の五・七・五音だけを、正岡子規が文学として独立させたのが、今の我々が作っている俳句という形です。

さて、ある程度、俳句が作れるようになったら、どこかの句会に参加してみましょう。そこには先輩や先生がいて、あなたの俳句をていねいに見て、いろいろな意見を述べながら指導してくれるはずです。

老後を元気に、心身ともにはつらつと健康に過ごすためには「老後の三原則」が鉄則だ、と言われます。「行くところがある、会う人がいる、することがある」。

この老後の三原則にぴったりなのが俳句です。句会に行く。仲間や先生に会う。お互いに俳句を作り、感想・批評を忌憚《きたん》なく言い合う。そして、ある時には俳句を作るためにどこかに出かけて「吟行会《ぎんこうかい》」をやる。「俳句をやっていて何がいいかと言えば、歩くことよ」という人はたくさんいます。これで心身ともに健康にならなければおかしいというくらいです。そのほか、後にも述べますが、俳句を作ると頭・脳を使うので、認知症を防いだり、環境や自分を見つめる、感受性・感性を養うことにもつながります。

また、現代社会はとてもテンポが速いですね。今日あったことが明日はどうなっているか、予想もつきません。目まぐるしく激動し、先行きもまったく不透明な時代です。そうした中で、ゆっくり長々と相手に話をして納得してもらうのはなかなか困難ですし、相手も悠長にじっくり話を聞いてはくれません。そこへゆくと俳句はたった十七音、それ以上のことばはありません。世界一短いメッセージです。

昔から言われている「以心伝心」「寸鉄人を刺す」。焦点を絞って、自分の意思を相手に思い切り伝えてみてはいかがでしょうか。何か言いたいのに、表現の手段を知らないので我慢をしている、というのはストレスになりますよね。言わないで「腹ふくるる思い」というのが、一番いけないことなのです。俳句で自分を表現する、俳句は自分を解放する文学です。ぜひ俳句を作って新しい、心身ともにいきいき、はつらつとした自分に出会ってみてください。

俳句は現代にもっとも適した、あなたにぴったりの詩型です。さあ、あなたも今日からさっそく俳句を始めて、私たちの仲間になりましょう。きっと今まで見たことのないような、新しくて広い世界が開けてきますよ。お待ちしています。

第二章

〝がんからの生還〟を俳句が支えた

「ずいぶん、痩せたね」と言われて

平成十年（一九九八）の暮れも押し詰まった十二月のことです。巷《ちまた》では流行性感冒が蔓《まん》延《えん》し、どちらを向いても風邪ひきの人ばかりでした。

私も、朝起きると妙に体がだるく、自分もとうとう風邪をもらってしまったかなと思って、その日は会社を休むことにしました。数日経てばまた元に戻るだろう、くらいに軽く考えて家で休んでいました。でも、微熱は続き、一向に熱は下がる気配がなく、それどころかますます高くなっていくのです。

思い切って近くの病院に行き、診てもらうと、「ああ、風邪ですね。薬を出しますから、それを飲んでしばらくお休みください」、そう言われて、薬をもらい、点滴を打ってもらいました。

〝やっぱり、思っていた通りだった。この頃は自分でも少し働きすぎだな、そう感じていたところだったから、ちょうどいい機会かもしれないな。たまにはゆっくり休もうか。そうしよう、そうしよう〟ということで、家でのんびりすることにしたのでした。

そのうちにクリスマスも過ぎると、病院は年末に入り、「今年の業務はすべて終わりました。年が明けたらまた、検査の結果を聞きに来てください」と言われました。

年明けは五日からです。再び病院を訪れると、「やっぱり、風邪でしたね。ただし肺炎気味ですので、もう少し詳しく検査をしてみましょう」

そして、精密検査を重ねましたが、やっぱり結果は同じでした。

再び会社は仕事始めとなり、私も出社し、同僚も出社してきて、いつもの業務が始まりました。すると会う人ごとに、「ずいぶん痩せましたね。どうかしたのですか。大丈夫ですか。どこか体が悪いのではないですか」などと尋ねられます。

「いやあ、年末に少しダイエットをしてね……」などとごまかしてはみたものの、あまりに大勢の人から「痩せた、痩せた」と言われると、自分でもいささか心配になってきました。

私の仕事場の隣のフロアは「毎日ライフ」という健康雑誌の編集部でした。その雑誌の編集長が、こう言うのです。

「その痩せ方は、とにかく異常ですよ。一度しっかりした大きな病院で検査を受けた方がいいと思いますよ」。

続けてその編集長は、「慶応義塾大学病院に知り合いの先生がいるので、紹介状を書いてあげましょう。ぜひ一度訪ねてみてください」。そう言って、すぐに紹介状を渡してくれたのでした。

その何日後も、「でも、風邪をこじらせた、という結果も出ているのだし……」としり込みする私に向かって、彼は背中を押すように、「もう、先方の先生には連絡済みですからね。それに僕の立場もありますので、必ず行ってくださいよ」と、何度も念押しをしてくれました。

大腸がんだった。しかも、手遅れか……

そういった経緯で私は、慶応義塾大学病院を訪ねることになりました。

まず最初に、前に診てもらった医院で撮ったレントゲン写真やデータを提出したのですが、先生はそれらの資料には目もくれずに、「わかりました。もう一度、こちらで改めて検査をしましょう」と一言。さっそく、あれこれと再度の精密検査が始まりました。

やがて、その再検査の結果を聞く朝がやってきました……。

多分、前の病院が出した結果の繰り返しだろうと思い、まあそれを聞けばいい、くらいの軽い気持ちで診察室に入ると、先生は十四、五枚のレントゲン写真を吊るし、それらを前にして、しばらく無言でした。

が、やがてゆっくりと口を開き、「大腸がんです。ベッドが空き次第、すぐに入院ですね。手遅れかもしれませんが、手術をします」。

驚いたというよりも、自分自身に何が起こっているのか、さっぱりわかりませんでした。よくいわれる狐につままれたような状態で、呆然《ぼうぜん》としていたのでしょう。

やがて我に返ったのですが、そうなったらそうなったで、仕事のこと、家庭のこと、俳句のこと……、とにかく、入院までにしなければならないことが山ほどあり、それをこれからどう処理すればいいのか、何から手をつけていいのか、頭の中がまったく混乱してしまい、がんに対する恐怖を考える余裕などは微塵《みじん》もありませんでした。

入院が決まりました。それからの入院生活は……、編集長をしている「俳句αあるふぁ」（毎日新聞社）だけでなく、自分の主宰する俳誌「炎環《えんかん》」のこともあります。隔月刊誌と月刊誌ですから、休むことはもとより遅刊することもならず、とにかく出し続けなければなりませんでした。雑誌の校正は代わる代わるに定期的に病室に届けられ、それにベッドで赤字を入れて返す、というような作業を繰り返し続けたのです。

病室は朝八時に起床、夜は九時に消灯。それまでの不規則な生活とはまったく一変した日々になったわけですが、病院の規則には従わざるを得ません。そうした入院生活の中で、看護師さんの目を避けながら、期日通りに原稿も入れ、校正も済ませました。また、俳句の選も一回も欠かしませんでした。

それまで病気らしい病気をしたことは一度もありません。入院の経験も初めてでした。ですから、そうしたすべてが、私にとっては初体験だったのです。

早く治して、みんなと一緒に俳句を作りたい！

入院して自分に課したことが、いろいろあります。

その一つは、必ず一日十句ずつ俳句を作ることでした。これは退院するまで一日も休みませんでした。今、それらを見てみると、拙《つたな》い句ばかりです。でも、一つ一つ、みんな思い出深い句ばかり。どれも愛着があり、捨て難いのです。

さて、入院中は会社の人たちもたくさん見舞いにかけつけてくれましたが、それよりも多くの俳句仲間が病室に繰り返し顔を見せてくれ、励ましの声をかけてくれました。

「自分にはこんなにも多くの仲間がいたのだ。この応援してくれる人たちのためにも、頑張らなくては……」と気持ちを奮い立たせ続けました。

後から知ったことですが、自分のがんはすでにステージが進み、末期に差しかかっていたようです。本人には知らされてなかったのですが、手術の数日前に妻はもちろん、三人の子どもたちも全員が呼び出されて、手術の医師たちから説明を受けていたようです。

「このがんは、もう野球のボールほどの大きさにまでなってしまっています。しかもレントゲン写真で見る限り、腸の後ろの腎臓にまで転移していますので、当然、開腹手術となります。できるだけのことはやってみますが、生存率は四十パーセントです。覚悟しておいてください」。

家族は医師から話を聞いた後に、階下にある私の病室を訪れて皆で見舞う予定だったようですが、あまりのショックで寄らずに家に帰ってしまいました。

これも手術の直前に妻から聞いた話です。それを聞いてもまだ、自分には死ぬ気などまったくありませんでした。それよりも「早く治って、みんなと俳句を作り、一日も早く会社に出社しなければ」、そう焦る気持ちばかりがありました。

昔から「病は気から」ということばがありますが、本当にそうです。人間は気持ちの持ち方次第です。だめだ、と思うとその瞬間から挫折して、どんどん悪い方にばかり落ちていくし、絶対治ると気を強く持てば、快方へ向かいます。それは、私の体験からのことばでもあります。

生存率四十パーセントからの「生還」

開腹手術で大腸の一部を切除しました。具体的に言えば、S字結腸の少し上の部分、十五センチほどの最悪性部分を取り除いたのです。

でも、不幸中の幸いだったことは「腎臓まで転移している」と見られていた影の部分は、レントゲンのミスで転移の結果ではありませんでした。それが命拾いだったのです。

手術は成功し、私は生還しました。

がんは「五年が勝負、十年を経て転移、再発がなければ大丈夫」、そう一般的には言われています。退院してからは、もう二度とこの病院には戻ってこないようにしよう、そう自らに誓いを立てました。

病院からは「完全にがん細胞の部分は取り除いたつもりですが、毎月一度の検査は続けてくださいね」と言われていて、その後も月一度の定期検診は欠かしませんでした。そうするうちに、月一度の定期検診は二カ月に一度に、さらに三カ月に一度になり、定期診療の方は半年に一度、一年に一度、と次第にその間隔が延びていったのです。

そしてついに、「もう、大丈夫でしょう。通院は今日を限りにしましょう。後はどこでもいい、近所の病院でいいので、一年に一度、必ず定期検診を受けるようにしてください。お疲れさまでした」。そのような事実上の全快宣言をもらいました。嬉しかった。

この発病と入院から教わったことはいろいろとあります。その中で、なるほどと得心《とくしん》したのは、「日本人にがんが急増している一つの原因は、その食生活にあり」ということです。昔は菜食中心だった日本人が、ある時を境に欧米人と同じように肉を中心とした食生活に変わりました。その結果、野菜をあまり食べなくなったのですが、それが問題ではないか、と指摘しているわけです。退院の時には「肉は食べてもいいのですが、必ず野菜と一緒にとってくださいね」と送り出されました。

そのことを知って、私も食生活の改善に努めるようになり、退院後はなるべく野菜を中心に食事をするよう、心がけるようになりました。それだけでなく、退院をきっかけに、がむしゃらに働いてきたこれまでの仕事の仕方も、少し改めようと、こころに誓いました。

そうした複雑な感慨を胸に、病院を後にしたのでした。退院したのは桜の花も散り、もうあたりは葉桜に変わっている頃でした。葉陰からキラキラとまぶしい木漏れ日が降り注いでいました。

葉桜のまつただ中へ生還す　　寒太

そんな句を詠みました。

二度目のがんと医学の進歩

さて、大腸がんの開腹手術から生還して、かなりの歳月が流れました。十年経てばまず安心、と言われた十年もはるかに過ぎて、もうがんを患ったことの記憶すらも薄らいできていた平成二十六年、二〇一四年のこと。医師から言われていたように家から五分くらいのところにある町内の診療所で、年一度の定期検診を受けました。

すると、「検査の結果、血尿が出ていますので、もう少し大きい病院で再検査をなさってください」と言われたのです。

再び最初の手術をした慶応義塾大学病院を訪れると、手術をしてくれた医師は、すでに他の病院に移っていました。新しい先生により、またまた例の精密検査が始まりました。結果は、やはり大腸がんでした。

今度のは転移からきたのではなく、前とはまったく関係ない新しいがんでした。しかも厄介なのは、腸の壁にがんそのものがもぐり込んでしまっていて、取り除くのがとても困難な場所だと言うのです。私はよくよくがんに好かれるタイプのようです。

担当の先生はインターネットで調べてみると、日本でも指折りの超売れっ子の若い先生です。面会すると、「やはり、再び開腹した方がいいのですが、とにかく内視鏡での手術を一度試みてみましょう」、そう言うのです。私はこの先生に賭けてみることにしました。

いろいろと話し合ってみると、この十年の医学界の進歩、とりわけがんに対する医療技術の進歩には目を見張るものがあり、まさに長足の進歩だということがわかりました。今度のがんも、十年前だったらきっと見つからなかったかもしれませんでした。たとえ運よく見つかったとしても、確実に「再び開腹手術をする」ということに即なったでしょう。

「私は忙しく、これから外国に渡って研究論文の発表などをしなければなりません。ですから、私自身が手術をするのは難しいのです。ただし、三カ月先でしたら可能性はあります。待てますか?」

「先生がお忙しいのはよくわかっています。でも、先生は俳句のことは何も知らないかもしれませんが、私もこの世界では結構忙しいのです。海外に行かれる前に何とか手術をしてもらうことはできませんでしょうか?」

そんなやりとりが何回か交わされました。私の訴えかける目がかなり切羽詰まっている、そう受け取られたのかもしれません。

医師はインターネットで石寒太という俳人のことを検索した後、「わかりました。あなたの説得に負けました。出発の前日にもう一人の方の手術が入っていますので、その後にあなたの手術を入れましょう」、そう言って手術日を決定してくれました。

実際、私の方も手術の数日後には母校での講演を依頼されていて、すでに何百人かの聴衆の申し込みがあり、ほかの人に代わってもらうことは不可能だったのです。

再びの難しい手術も、幸い何とか成功をみました。私は、つくづく運のいい男だと思っています。こうして再び生還を果たしました。

病気体験をプラスにする俳句の効用

いま私は、いろいろなところで俳句教室を持って教えていますが、「俳句をやっていて本当によかった、俳句に救われた」という病気体験者の方々の声を、たくさん耳にしています。

確かに、俳句は五音・七音・五音のたった十七音の、世界最短の詩型といわれます。こんな短い詩型の中で、一体何ほどのことが言えるのだろうか？　そういうふうに皆さんも思われることだろうと思います。

でも、こんなに短いメッセージである俳句こそが、世界のどんな長いことばにも代え難い、つまり散文やそのほかの詩型よりも強い勇気を与えてくれるのです。また、時には人生さえも変える力を持っている、そう言ってもいいでしょう。

俳句は、そんな素晴らしい詩型なのです。末期がんを宣告された私が、こうして生還してこの原稿を書いていられることも、すべて「俳句のおかげ」といっても過言ではありません。

まさに生と死に関わる病気であるがんを患ったことにより、その経験を踏まえて、何冊かの本が生まれました。一つは句集『生還す』（ふらんす堂）です。これは、がん体験を含めた私の第四句集です。その中に、がん体験のいくつかの句があります。それをここにあげてみましょう。

怖るるにたらぬ癌なり桃の花

ままごとのやうな病院食あたたか
癒ゆるとは耐ふることなり桜の芽
楸邨《しゅうそん》のいそぐなのこゑ春疾風
見舞ひ妻桜の真下帰りけり
葉桜のまつただ中へ生還す
退院のわれを迎へし黒兎
のぼりゆく蝶に力や病癒ゆ
生も死もたつた一文字小鳥来る

さらに『命の一句』（徳間書店）、『いのちの一句』（毎日新聞社）も刊行しました。前者は夏目雅子、芥川龍之介、石田波郷《はきょう》、江國滋《えくにしげる》といった多くの著名人が作った俳句の中から、哀しいとき、辛《つら》いとき、こころが挫《くじ》けそうなときに読んで励まされる一句を取り上げて鑑賞し、それらの百句を畏友《いゆう》の江成常夫さんの素晴らしい写真とともにまとめた一冊になっています。

もう一冊の本は渥美清、吉村昭、中野孝次、岩城宏之、檀一雄、倉嶋厚、成田千空《せんくう》など、二十五名のがん体験者が詠んだ「がん俳句」と、彼らの生き方の記録をルポとしてまとめ、がんを患った場合に、いかにそれに向き合えばいいのか、その心構え、心得を書いたものです。巻末にはがん体験者による「いのちの歳時記」も付されています。この本を企画した私の俳句仲間・森英介さんも膵臓《すいぞう》がんで、本を見ることなく逝ってしまいました。

これらはすべて、私のがん体験がなければ世に出なかった本ばかりです。今、日本人の二人に一人ががん患者になる可能性があるといわれています。他人事ではありません。がんは間違いなく、本人にとっても家族にとっても大変な病気です。でも、そのがんを俳句によってプラスに生かすことができる、そういうことも私の生き方を見ていただければご理解が出来るのではないか、そう思っています。

まさに、これこそ健康面における「俳句の効用」と言えるものではないでしょうか。

第三章

健康を導く「俳句療法」とは？

世界一の長寿の国で

医学の飛躍的進歩により、日本は世界一の長寿国になりました。年齢とともに老いる、ということはもっとも自然で、それこそが年輪を重ねるということです。

よく言われているように、確かに俳句は年輪の文学です。人生の一コマ一コマをリアルに記録していくのに、もっとも適した詩型なのです。

中世の世阿弥《ぜあみ》という能の演者が「時分《じぶん》の花」ということを説いています。これは彼の能楽論ですが、能だけではなく俳句や万般《ばんぱん》に通ずることです。どういうことかといえば、成長に合わせ、各年齢に応じた花を咲かせなさい、と言っているのです。

二十代の若い人は青春や恋の花を、五十代の人は充実した仕事の花を、八十・九十代は老いの花を。何でもいい、自分の齢《よわい》に合わせた花をそれぞれ咲かせなさい、そう教えてくれます。それに従えば、若い人が老練を気取って知ったかぶりをしても背伸びになりますし、年寄りが若い頃のことを詠んでもそれは単なる回想になり、思い出の一コマにすぎません。

俳句は生きている今、現在を切り取って詠むこと、それこそが大切なのです。では、過去を詠んではいけないのか、というとそんなことはありません。ただ、過去の回想だけにひたるのではなく、その経験を生かして「現在の自分のこころ」を反映させて一句にすること、そこが一番肝心なのです。これが俳句の特質となるのです。

さて、「人生僅《わず》か五十年」と言われたのははるか昔のことです。江戸時代の松尾芭蕉は五十一歳でその生涯を閉じました。でも、俳聖芭蕉、芭蕉翁《おう》などと言われます。実際、今残っている芭蕉像を見ても、八十歳か九十歳くらいに見えます。きっとそんな印象だったのでしょうね。

我々も昔、大人たちを仰ぐと随分の年齢に見えたものです。それが今、自分が齢を経て考えると、彼ら彼女らはそんなに年を取ってはいなかったのかもしれないということがわかります。

では、現代はどうでしょう。厚生労働省発表によれば、二〇一三（平成二十五）年現在の日本人の平均寿命は女性が八十六・六一歳、男性が八十・二一歳。男性も平均寿命が初めて八十歳を超えて、堂々たる世界一の長寿国になりました。

そうした中で、各年齢の生死に影響を及ぼしているのは、がん・脳卒中・心臓病の三大成人病（生活習慣病）ですが、これらが克服されれば平均寿命はさらに延びるでしょう。これまで高齢化社会といわれてきましたが、今や高齢化ではなく、まさに高齢社会の到来です。四人に一人が高齢者の時代です。これからは百歳を射程に入れて、生きてゆかなければいけない時代になりました。

俳句はなぜ覚えやすいのか

そして高齢者が増えれば、どうしても「ボケ老人」の社会がやってきます。いま日本の認知症患者は軽度認知障害を含めると八六二万人、冗談ではなくこのままだと日本は滅びるかもしれません。笑っている場合ではありません。しかもこの数は六十五歳以上の数字です。若年性もありますから、それらを含めたら一千万人を超えてしまうかもしれません。

これは以前「毎日ライフ」（毎日新聞社）という健康総合雑誌に掲載された数字です。

さて、私の周囲には医療関係者が随分多くいるので、時折、病気や体のことを尋ねるのにとても都合がいいのです。その中でももっとも頼りになるのが、この「毎日ライフ」の編集長の岩石隆光さん（第二章に記した私の大腸がんの折に医師を紹介してくれた）でした。

実は以前から「俳句を作る人はボケない。俳句はボケの予防になる」。そういう話をあちこちから聞いていましたので、この問題を彼に率直にぶつけてみることにしました。すると彼が言うのでした。

「そうですね、ちょうどいい機会ですから、僕の雑誌でひとつ〝俳句療法〟を特集してみましょうか」。

そう言って、何人かの専門の先生に原稿を依頼し、検証を試みてくれたのです。

その特集の中ではいろいろな療法がなされていましたが、その一つ、「俳句で脳を鍛えることが出来る方法」というのを、ここでご紹介しておきましょう。

俳句は短い詩型なので、とても覚えやすいのです。五・七・五音の十七音の世界最短詩型といわれるくらい短い。ですからとても覚えやすい、これを「口唱性《こうしょうせい》がある」と言います。

短歌は五・七・五・七・七音で、俳句より七・七音、つまり十四音ほど長いのです。

たったこれだけの相違なのに、俳句は覚えやすく、短歌は俳句よりははるかに覚えにくい。詩や散文・エッセイになると、さらに長く困難です。

五と七と五のこの「区切り」をチャックと言います。つまり俳句は五の一区切りと七の一区切り、そして五の一区切り、この三つで成り立っているのです。この「チャック」というのは、米国の心理学者ジョージ・ミラー博士が考え出した概念で、情報のまとまりを指します。

彼の理論によれば、人間が一度に記憶できるチャックの数には限度があり、7プラスマイナス2チャックがいいところで、彼はこれを「マジカルナンバー7」と命名しています。たとえば０４８７５４３６６３、この電話番号を暗記してみてください、と言って提示します。すると、「０４８７の５４３６、そして、え～と６３……」などと、自分の頭の中で区切って記憶させる習慣が自然に身についています。つまり、ハイフンを入れて三つに区切れば3チャックとなり、簡単に覚えやすくなります。このように記憶しやすいように情報に区切りをつけることを「チャック化」と呼びます。

そもそも五・七・五音のリズムは、昔から日本人の頭の中にしみ込んでいる先天的、つまりDNAのリズムであることは「はじめに」でも記しました。日本語はワンセンテンスが短ければ、だいたい五音で切れるリズム、それに少し加えると七音。この五か七で切れる音律になっているのです。

たとえば、窓から空を見ると雲が一つ見えます。それを表現したいと思うと「雲ひとつ」と置きます。それが青い広い冬の空に浮かんでいることを表したければ、「冬空に浮く」となります。そして、それがあたかも羊のように見えると言いたければ、「羊かな」と付ければよいでしょう。

もう、それをそのまま続ければ、「雲ひとつ冬空に浮く羊かな」。これで立派な俳句になっています。

こんなふうに日本人は、五・七・五音のリズムがごく自然にDNAとして頭の中に組み込まれて生まれくるのです。ですから俳句を読む時も、無意識にごく自然にこのチャック化を行っているのです。俳句を作る人々がボケにくいというのも、それが短期記憶やワーキングメモリの訓練となり、脳の訓練に大いにプラスに働くというわけです。

ジョージ・ミラー博士は、3チャックである俳句を詠んだり書いたりする、日本人がこれを脳の鍛練にもっと活用すれば、俳句はきっとボケの防止対策になる、そう言うのです。

俳句が脳のトレーニングになり、ボケの防止につながる。それは脳の「海馬」が記憶、前頭前野が認知力をつかさどっているからであって、俳句は脳にとって大いなるプラスの刺激になります。そういうことで皆さん、これからはもっと俳句に励みましょう、とジョージ・ミラー博士も勧めているのです。

『国家の品格』(新潮新書)がベストセラーになった、作家・新田次郎さんの長男で数学者の藤原正彦さんは、日本人には国語が不可欠、今の日本の教育はもっと国語を大切にすべきだと言い、五七五・五七五七七音調の中に、日本人のリズムがあると言います。

五も七も休符を入れると四拍子になるといわれますが、偶数だと日本語としてはまずい。四・五・六・七は、たいてい日本語だと二語になることが多い。「古池 や」「蛙《かわず》 飛び込む」「水の 音」。「古池 や」は四足す一。「蛙 飛び込む」だと三足す四。「水の 音」だと三足す二。こういうふうに二つの足し算になることが多い。

四・六・八といった偶数の音数だと、偶数足す偶数、あるいは奇数足す奇数に限ります。ところが五や七のような奇数だと、五の場合は二足す三や、一足す四で、必ずそこには偶数と奇数が一緒のセットになる。七の場合も三足す四、二足す五、一足す六と、必ず偶数がまじる。その妙がある、と言います。四・六・八だと偶数か奇数しかない。しかも最悪の場合、四なら二足す二、六だと三足す三、八だと四足す四という数の組み合わせになる。

西洋の詩にはことばに抑揚がある。が、日本語の場合は〝トトトトト〟と五音を刻んだ抑揚があまりないので、音節を分けることによって長短をつけます。さらに偶数ではメロディをつけているのではないか、という感じがする。五と七のような奇数の中には、必ず偶と奇が一つずつあるので、バランスが長短、抑揚の代わりになると言う。

それが四・六・八のような偶数だと、動きがなくなる。特に四・四、三・三、二・二は最悪で、そういうことを避けるために、五とか七になってしまったのではないか、藤原さんはこういう「足し算理論」を述べています。

そして数学者の藤原さんは、俳句は五七五音、短歌は五七五七七音、ここで切る。見事に素数でピタッと切れている、なかでも五七五すべて奇数の俳句は、世界で一番美しいリズムで完結する、と結論づけました。

高齢俳人が記憶鍛錬テストをやってみた

さて、もう少し話を続けましょう。人間の「記憶」には三つの要素があります。記銘（覚える）、保持（保存する）、想起（思い出す）の過程です。この記憶できる時間は長期記憶と短期記憶からなり、このほかにワーキングメモリ（作業記憶）というものがあります。

短期記憶とは感覚器官から入り、長期記憶に移るほんのわずか十五秒ほどだけ保たれる記憶です。ただし、これはまったく消えてしまうわけではなく、時にはそれ以上に保持される場合もあります。

この十五秒の短期記憶を発見したのは、米国のピーターソン夫妻らです。短期記憶の情報は、繰り返しや意味づけのリハーサルがなされると、十五秒で消えることなく長期記憶の貯蔵庫に移され蓄えられます。これが「記憶」の三要素のうちの記銘であり保持だというのです。ところが記憶しようとする際になんらかほかの妨害が入り、このリハーサルが出来なくなると、短期記憶は貯蔵庫に転送されることなく、急速に薄れてゆくというのです。

ピーターソン夫妻らの短期記憶実験によると、三つのアルファベットを数秒間提示し、その記憶のリハーサルを妨害するような課題（三つ引き算をする、他の俳句を一つ挿入するなど）を挟み、保持時間を置いて再生させるなどすると、数秒で五十パーセントの記憶が消失し、十五秒ではほとんどの記憶がなくなる、という結果が出たのです。

すなわち、人間の短期記憶の保持時間はわずか十五秒、短期記憶の容量は「7プラスマイナス2チャック」で、それ以上の記憶保持は困難である、そういう結果が出てしまったのです。

そのことを踏まえて、私の友人の「毎日ライフ」の編集長が、何人かの高齢俳人たち（健全な脳の持ち主や少しボケの入った人たち数人）を集めてテストを行いました。

春の山屍《しかばね》をうめて空《むな》しかり

この高浜虚子の句を、全員に紙に書いてもらいました。ストップウォッチで計ると、ちょうど十五秒ほどです。俳句は十七音で、3チャックの区切りです。脳の鍛練には最適です。短歌では少し長すぎるし、数字では無味乾燥です。

さて、紙とペンを用意してもらい、これを紙に正確に書き写す作業をしてもらいます。そののち指を折りながら数を十五数えます。これが別作業となり、記憶の妨害になります。つまり、十五秒ほどの経過で九十パーセントの短期記憶が消えることになります。

十五秒後に再び先の句を隠して、忘却の記憶に逆らって、同じ句をまた書きます。これが脳の鍛錬のプロトタイプ（原型）です。

こうした作業を何回か繰り返した後に、今度は二句の記憶に挑戦してみましょう。二句が書けるようになったら、三句を重ねて同じように鍛錬します。

一句目は3チャックなので、記憶するのは比較的容易です。二句になると三十四音（文字）となり、6チャックなので少し難しくはなりますが、まだまだ記憶の枠内です。二句を同時に覚えるのは、何人かがまだ可能でした。しかし、三句となると五十一音（文字）にもなります。つまり9チャックとなり、これを一字の間違いもなく記憶して書写するのは枠いっぱい、これがぎりぎりです。

しかも最近は7チャックは無理、4チャックがせいぜいで、三句を同時に正確に記憶することはかなり困難である、そんなふうに学会ではいわれているようです。

皆さんも本書掲載の俳句から、一句を初級、二句を中級、三句を上級として、ぜひ挑戦してみてください。脳の鍛練になりますよ。

忍び寄る脳の萎縮《いしゅく》に抗して

さて、認知症のほとんどは遺伝性・若年性のものではなく、いわゆる「ボケ」と呼ばれている老年性のものです。原因は何か、ということもありますが、その根本には年を取ること、老化が厳然としてあるようです。

皮肉なことに、医学の進歩が脳の老化という問題を浮上させる結果となりました。すなわち、寿命が延れば延びるほど脳の老化が目立ってきたのです。

脳が縮む人と縮まない人の差は、どこで出るのでしょうか。簡単にいえば、脳が縮んでしまうのは使わないからです。つまり、年を取って何の趣味もなく、人とのコミュニケーションもたずに家にこもっているような人は、きわめて危ないと言えるのです。

脳には無数のニューロン（神経細胞）が網の目のように張り巡らされています。これをニューロンネットワーク「神経回路」と呼び、ニューロン一個には一万個ほどのシナプス群が絡み合っているのです。これがあるから、無限に近い神経回路によって記憶を脳の中に保持できているわけです。

人間の脳細胞は一日に十万個失われます。特に大人の脳細胞は一切増殖されません。ましてや老人のそれは死滅する一方である、そういう話を聞いたことがありますか？

でも、それは間違いで、最近ではニューロン集合体にショックを与え続けると記憶痕跡が強くなり、脳の奥で神経回路の網を活発化し続けると考えられるようになりました。

結論的にいうと、記憶には記銘・保持・想起の三つの過程があって、記憶時間で分けると短期記憶と長期記憶とに分けることができ、そこに情報処理の観点からワーキングメモリ（作業記憶）が加わり、ワーキングメモリが関係している脳の部位には先述のように海馬と前頭前野があるのです。

海馬は記憶の「管制塔」です。海馬がないと、新しい記憶を生み出すことはできません。前頭前野は脳の「司令塔」です。思考・判断・創造性・意欲、そういった高次の機能を受け持っています。

人間は老化とともに忍び寄る脳の萎縮が、この海馬と前頭前野の二カ所において顕著に現れてくるのです。そうした海馬の萎縮による記憶障害や前頭前野の萎縮による認知障害が目立つのです。

これらの脳の萎縮には、いかに対処したらいいのでしょうか？

そのためには、まず鍛練によってニューロンの数を増やすこと、次に鍛練によって神経回路の機能を高めること、この二つを行うことです。脳は使わないでいると、いつのまにかニューロンが脱落し萎縮してしまいます。これは廃用性萎縮が原因であるといわれています。

『いくつになっても脳は若返る』（ダイヤモンド社）の著者ジーン・コーエン博士は、脳の機能は筋肉と同じように、使えば使うほど強くなるし、使わなければ低下する、と言っています。

幸いなことに神様は、人間に素晴らしい可能性を与えてくださいました。どうか脳を鍛えて酷使しましょう。刺激を与えれば脳に記憶痕跡が残り、脳のネットワークを高めます。逆に刺激がないと新たな記憶痕跡は生まれず、残っていた痕跡も消えて、脳のネットワークは崩れていきます。

ただし、どんな刺激でも記憶痕跡をつくることが出来るかというとそうではなく、感知を超えた刺激だけがそれを可能にします。この感知を超えた刺激のいい例の一つが、先のテストの「俳句療法」なのです。

とにかく大切なことは、鍛練によって「脳を活性化させるための刺激」を与え続けること、それが一生の宝になることは間違いないでしょう。

聖路加病院の日野原重明さんの話にも、耳を傾けてみましょう。対談（日野原重明・金子兜太『たっぷり生きる』角川学芸出版）やインタビューでいろいろ話されていますので、それを要約してご紹介します。

〈音楽にはさまざまな力があることがわかってきました。特に自閉症の子どもや認知症の方に効果があります。音楽が患者さんたちを非常に豊かにするんです。そこで音楽療法があり、音楽療法士がそれを行います。

認知症を防ぐためのポイントは四つ。「食生活」「運動」「脳への刺激」「心のあり方」です。ここでは「脳への刺激」と「心のあり方」について記します。

六十代以降、脳は確実に衰えていきます。ですから美容と同じように、脳も磨かなければばいけません。五十代までは鍛えれば鍛えるほど、脳は活発になりますし、六十・七十代でも現状維持は可能です。

脳はマンネリ化が嫌いなので、外からの新しい刺激がとても重要です。そのためには、新しいことに積極的にチャレンジすること。新たな知識を増やすことや五感への刺激（五感を磨くこと）が大切です。音楽療法に密接な聴覚でいえば、二つ以上のジャンルの音楽を聴くことが脳にいいといわれています。クラシックとロック、演歌とジャズというように。自分とって楽しいと思うことを、いろいろ続ければいいのです。

画家のピカソやシャガールは、長命で生涯現役でした。彼らは中高年以降も、作風を変えて輝き続けました。常に新しいことを取り入れ、脳に刺激を与えていたのです。ですから、高齢になっても脳の働きがしっかりしていたのでしょう。

心のあり方に関しては、ネガティブなことばかり考えないということ。そして少しの時間でいいので、瞑想《めいそう》することをおすすめします。瞑想というと難しく感じるかもしれませんが、要は何も考えず、頭を「無」の状態にするのです。すると脳の神経伝達物質が増え、不安感がなくなります。心の安定は認知症予防にとても大切ですし、瞑想後は作業効率がよくなりますので、私も仕事の前に行っています。

できるだけクリアな頭で、長く生きたいものです。認知症は努力次第で防ぐことができます。楽しみながら努力し、おおらかに、そして前向きに生きていきましょう。〉

第四章

世界一長寿の国に生きる俳句

吉行あぐりさんの何事にも積極的に生きる姿

平成二十七年（二〇一五）の年明けは東北・北陸や北海道は雪が多く、豪雪で悩まされましたが、関東地方は比較的穏やかな好天に恵まれ、まずまずの新年でした。正月も何となく終わり、松の内も過ぎた夜の十一時を回った頃、突然に携帯電話が響いたのです。「誰だろう、こんな深夜に少し非常識ではないかな」などと思い、出ませんでした。翌朝、着信をたどって返信すると、毎日新聞の記者の隈元《くまもと》浩彦さんでした。「昨夜は遅くにすみませんでした。実は吉行あぐりさんが亡くなられました。寒太さんなら詳しい情報をおわかりかと思いまして、お電話してしまいました。でも別のルートで詳しくわかりました」と言うのです。

でも、最近はほとんどあぐりさんの様子は知りませんでした。ですから、ご自分で動けなくなっても頭は明晰《めいせき》でお元気で、長女の和子さんを困らせているのではないか、そう思っていたのです。

隈元さんが私に電話をくれたのは、私に『吉行あぐり　102歳のことば』という著書があったからでしょう。平成二十一年（二〇〇九）年に集英社（ホーム社）から出版されました。実は私にはこの本の後にもう一冊、『あぐり家の人々』（徳間書店）という書き下ろしの本があります。

この本を書くきっかけは、あぐりさんの長女・和子さんに勧められたことに始まります。和子さんと女優の親友・冨士眞奈美さんとは昔からのお付き合いがあり、私はこの二人と岸田今日子さんなどを交えて俳句友達でした。そんなこともあり、俳句が取り持つ縁で時々俳句を作ったり、旅行をしたりしていました。北九州の小倉で、私が司会をして三人を囲んで「楽しい俳句トーク」をしたこともありました。

岸田今日子さんが亡くなられてからも、眞奈美さん・和子さんに加えて、女優の水野真紀さんや作家のねじめ正一さん、漫画家の内田春菊さんや高橋春夫さんらと、遊びの句会を二十年ほど続けました。皆さんお忙しい方たちばかりですが、地方での撮影や仕事でどうしても参加できないとき以外は、いそいそと集まってくるのですから、この句会がよほど楽しかったのでしょうね。

ある俳句会の後、吉行和子さんから「お願いがあるのだけれど」と呼び止められました。「実は集英社という出版社から母のことを書いてほしい、一冊の本にしたい。そう言ってきたのですが、もう私は母のことはいっぱい書き散らしているし、また書いても繰り返しになるかもしれない。それに身近すぎて客観的になれないので、今度の本は寒太さんが書いてくれないかしら」。そう言うのです。

おこがましいとは思ったのですが、母上・あぐりさんのことは、和子さんからしょっちゅう聞かされていて他人事には思えなかったのと、私の母がちょうどあぐりさんと同時代を生きてきたので、自分の母に会うようなつもりで気軽に会って話を聞いてみようかな、そんなふうに考えたのです。

それから月に一度会って、ぽつぽつとあぐりさんから聞き書きをし、その書下ろしの本がスタートしました。そして一、二回目の聞き書きの折には、和子さんからダンボールいっぱいの本や資料が届きました。

今、あらためて『吉行あぐり　１０２歳のことば』の「あとがき」を開いてみると、次のようなことが書かれています。

「あぐりさんには会うたびに、いつも驚かされてしまう。過去を振り返らない人だ。なにごとにも、いつも積極的に立ち向かう。その姿勢には本当に学ぶところが多い。自分の母に会っているような気分になる。あぐりさんは百歳を越えて、まだまだ元気。私の母は九十二歳で逝ってしまった。でも、二人はよく似ている。私の母は二十歳そこそこで大家族に嫁いできて、働くことだけの一生であった。あの時代は、そうならざるを得なかったのである。あぐりさんは十五歳の花嫁で、夫のエイスケは十六歳だった。あぐりさんは芥川賞作家の淳之介・理恵という二人の偉大な作家と、和子という大女優を無我夢中で立派に育てた。私の母は七人の子どもを産み、平凡に育てた。しかもその大家族には、父の兄弟姉妹がさらに七人もいて同居だった。そんななかで懸命にみんなの面倒を見ながら、働きづめの一生を終わった。

いったい私の母の人生は楽しかったのだろうか。そんな疑問を長い間ずっと引きずりながら考え続けてきた。が、今は母は母なりにそんな人生でもよかったのだ、そう思うようになった。それは、あぐりさんのことばを聞いているうちに、あの時代は一人だけではない、みんながみんなそうだったのだ、そう納得したからだった。あぐりさんに感謝したい」

読み返してみて、あぐりさんの聞き書きを懐かしく思い出しました。

あぐりさんの自伝的ドラマ「あぐり」は、平成九年（一九九七）にＮＨＫの朝の連続テレビ小説にもなり、たちまち国民的ヒロインとなりましたので、おなじみの方も多いと思います。まだ日本では美容室というものが珍しかった頃、洋行帰りの山野千枝子の洋髪美容室に弟子入りして腕を磨き、自分の美容室を開きました。そして若くして夫を亡くしましたが、生まれつきの明るさと持ち前の不屈の精神力で、未来を見つめながら明治・大正・昭和・平成の四つの時代を生き抜いたのです。そうした波乱万丈の人生を送ったあぐりさんは、お茶の間のアイドルとなって喝采《かっさい》を浴びることになりました。

生きることますます楽し老いの春

その私の聞き書きの本の中に、「あぐりの養生十カ条」というのを載せたのを見つけました。読んでみるとこれはなかなかいい、生き方の参考になることばなので、ここに再掲しましょう。

① 散歩は毎朝一時間、いつまでも自分の足で歩けますように。
② いつも身ぎれい、整理整頓を心がけ。

③一日やかん一杯の健康茶と、できれば一日二十品目の食事を。
④しかたがないと言い聞かせ、身体と相談、無理をせず。
⑤字を読み、字を書き、頭の体操をいたします。
⑥自分でできることは自分でやり、助けてもらうところは助けてもらいます。
⑦ときには見て見ぬふり、馬耳東風。
⑧生き甲斐となる仕事があることは、しあわせです。
⑨旅行、映画、外食など、新しい体験を楽しみます。
⑩「おかげさまで」「ありがたいことです」の気持ちを忘れずに。

これらのことばは、今年の一月五日、百七歳で大往生したあぐりさんの生き方の中から、ごく自然に洩《も》れてきた養生訓です。きっと皆さんもいろいろと思いあたり、参考になるところがあるのではないでしょうか。

そして、この本をパラパラとめくっていたら、あぐりさんの俳句を見つけました。

生きることますます楽し老いの春　　あぐり

という一句です。実はこれは、あぐりさんのオリジナルではありません。元の俳句は、「生きることようやく楽し老いの春　富安風生」でした。この句を新聞で見つけたあぐりさんが、長女の和子さんに、「いい俳句を見つけたわ。でも、私だったらこうするわ」と語ったという話を聞きました。この「ますます」こそが、あぐりさんらしいと、あえて私が自分の本の中に引いて、皆さんにご披露したものでした。この積極性こそが、あぐりさんの生き方そのものなのです。

九十五歳、金子兜太《とうた》さんの元気ぶり

さて、高齢者で俳句を楽しんでいる人は、私の周りでも大勢います。

聖路加病院の日野原重明名誉院長は九十歳を過ぎてから突然、俳句に目覚めて「一日一句」を作り、健康雑誌「いきいき」のエッセイの中で紹介しています。また、次章「快老俳談」で嵐山光三郎さんと大いに語っていただいた金子兜太さんは、今や俳壇の長老で意気揚々、今年九十六歳になります。

　金子兜太さんは私の所属していた俳句結社「寒雷《かんらい》」の大先輩ですが、大正八年（一九一九）、埼玉県の小川和紙で有名な小川町で生まれました。父の元春《もとはる》（俳号は伊昔紅《いせきこう》）さんと母のはるさんの長男でした。家は代々医者の家系で、父上も金子さんが当然、医院を継いでくれるものだろうと思っていたらしいのですが、ご当人は東大の経済学部を戦争で繰り上げ卒業になると、さっさと日本銀行に入ってしまいます。

　お父さんはおおらかで、「医者がいやでやめたいなら、お前はやりたいことをやったらいい」と言い、自分は秩父音頭の保存会の会長をやったり、俳句雑誌「馬酔木《あしび》」（水原秋《しゅう》櫻子《おうし》主宰）の番頭格となり、秩父支部のまとめ役として俳句会を開いたりしていました。

　兜太さんは、父の俳句会に集まる地方の人々の自由で大らかな雰囲気が大好きでした。でも、母のはるさんが「兜太は、俳句のようなあんなヤクザなものをやってはいけない」といつもいさめていましたので、「俳句だけは決してやるまい」と決心していました。

　昭和十六年（一九四一）、東大に入学した年の十二月八日、日本は太平洋戦争に突入。半年の繰り上げ卒業後に入った日本銀行を三日で退職し、昭和十九年（一九四四）の三月から主計中尉として南洋の最前線、トラック島の第四海軍施設部に配属になります。ここでの体験が、その後の金子兜太さんの生き方を決定づけることになるのです。

ここで餓死《がし》する戦友や工員たちを目の当たりにしながら、自分の無力さと戦争の悲惨さを思い知らされた兜太さんは、日本に帰ったらこの戦友たちに報いるために生きよう、そう思い定めます。そして日銀に復帰した後は、組合の初代事務局長などを務めます。しかしそれが災いして、それから十年間の地方勤務を余儀なくされるのです。

それからの生き方は、自伝風エッセイの『二度生きる』（チクマ秀版社）に書かれていますが、「勤めとしての日銀マンはしっかりやりつつも、今後は俳句にかけて生きよう」、そう決意します。人生は皮肉なものです。母からあれほど禁じられた俳句に、後の人生をいちずにかける決意をしたのです。

俳句界は兜太さんの俳壇復帰で俄然《がぜん》面白くなりました。俳壇に活気が蘇《よみがえ》ってきたのです。以後、「金子兜太ここにあり」の存在そのもので、この齢《よわい》まで俳壇を常に牽引《けんいん》してきました。それが彼の生き方を示す道でもありました。

酒止めようかどの本能と遊ぼうか　兜太

さて、そんな兜太さんの今回の座談のお相手の嵐山光三郎さんも、はや七十三歳です。こちらも、ますます元気で好奇心旺盛。編集者、作家、随筆家として知られ、時々は俳句も詠まれて、著書『悪党芭蕉』（新潮社）をはじめ俳諧関係にも蘊蓄《うんちく》が深く、週刊誌「サンデー毎日」（毎日新聞出版）の「サンデー俳句王《ハイキング》」の選者・宗匠も務めている俳句通です。

現代の俳句界には金子兜太さんに負けず劣らずご高齢で、現役で俳句を作り続けている俳人が大勢います。

関西の神戸には後藤比奈夫さん、九十八歳。後藤さんの父・夜半《やはん》さんも「ホトトギス」の同人で、自身も「諷詠《ふうえい》」を主宰した高名な俳人で長命でした。親子孫の三代、今は比奈夫さんの長男が俳誌「諷詠」を継いでいますが、比奈夫さんも健在です。

滝の上に水現れて落ちにけり　　夜半

老いに二時睡蓮《すいれん》に二時来てをりぬ　　比奈夫

そうです、神戸には長老俳人夫妻もいました。伊丹三樹彦・公子《きみこ》さんです。しかし、残念ながら夫人は平成二十六年（二〇一四）の年末に亡くなられました。三樹彦さんは九十五歳の今もお元気で、旺盛に一日十句を詠い続けています。

筋肉の無駄なく　三輪車と老いる　　三樹彦

俳諧精神で笑い飛ばす小沢昭一さん

さて、俳人ではありませんが、私のところに一昨年一冊の句集が届きました。『俳句で綴る変哲半生記』（岩波書店）です。変哲は小沢昭一さんの俳号です。しかし、その時はもう小沢さんは亡くなり、この世にはいませんでした。

小沢さんは昭和四年（一九二九）生まれ、東京の蒲田《かまた》で育ちました。早稲田大学の仏文科、俳優座附属俳優養成所を出て、俳優として舞台や映画、テレビ、ラジオなどで幅広く活躍するようになりました。劇団「しゃぼん玉座」も主宰、さらに民衆芸能の民俗学的研究に独自の道を開きました。

この句集の前に『句集 変哲』（三月書房）、『句あれば楽あり』『俳句武者修行』（共に朝日新聞社）ほか、多くの著書があります。小沢さんは二〇一二（平成二十四）年の年末、八十三歳で亡くなられました。彼は「明治村」の村長も務めました。徳川夢声・森繁久彌に次いでの三代目の村長で、それにもっとも相応《ふさわ》しい人選でした。

ラジオ好きで、「小沢昭一の小沢昭一的こころ」という一人トークを一万回以上続けましたので、聞いたことのある方も多いと思います。小沢さんは俳優であり、語り部でもありました。彼は自分の著書が出るたびに必ず贈ってくれたので、すべての著書が本棚に並んでいます。

私が数年前、ＢＳ日テレの「俳句の歳時記」という番組に二年間レギュラー出演していた時にはゲストで出てくれて、江戸時代からの金魚屋やら風鈴売りや羅宇《らう》屋、そのほかの物売りの声色をいろいろと聞かせてくれました。

また、もっとも思い出深いのは、我が主宰誌「炎環」の十周年記念俳句大会（平成十年一月）が東京・中野サンプラザで開かれた時のことです。

その前の晩が大雪で、次の朝は首都圏の交通機関は豪雪のため、ほとんど全面ストップするだろう、そういう報道がテレビやラジオ・新聞でいっせいに流れたため、地方の人はもちろん関東一円の人たちでも、多分会場まで駆けつけることが困難だろうと思われていました。まったくその通りで、家の電話は夕方から鳴りっぱなし。

金子兜太さんからも、「明日は駆けつけてお祝いのことばを一言述べるつもりでいたが、なにせ家から熊谷の駅にたどり着くことさえできない、残念ながら欠席せざるを得ない。申し訳ないが、お許し願うしかない」という電話がありました。

そのほか、次々に欠席の電話が入りました。会場のホテルは予約してあるし、料理ももはやキャンセルはかなわない。すべてお手上げで、泣きたいような気持で朝を迎えました。当日の朝、雪はやんだものの交通手段は、予想通り全面ストップ。ほとんどの人はたどり着くことは不可能だろう。そう思いながらも、主宰者としては会場に重い足を運ばざるを得ませんでした。

誰も来なくても仕方がない、来た人だけでささやかに内祝いをしよう、そう思って会場に駆けつけると、まさにびっくりです。この困難な中をバスやあらゆる手段を使って駆けつけてくれた人たちが、あちらからこちらから次々に集まり、その人たちでロビーが次第に膨れ上がり、むんむんと熱気であふれ返っているのでした。嬉しかったです。思わず涙が流れそうになりました。

そんな中に長靴をはいた小沢昭一さんの、はじけるような笑顔を見つけたのです。

小沢さんの半生を収めた全句集を見ると、いかに苦労を重ねてきたかがわかります。でも、俳句の中にはそんなことは全くおくびにも出さずに、俳諧精神で笑い飛ばしているのです。そこがいかにも苦労人の小沢昭一さんらしく、本当に気さくな小沢さんその人だな、と思わせてくれるのです。こころから哀悼《あいとう》の意を表したと思います。

まだ尻を目で追ふ老や荷風の忌　変哲（以下同）

短夜の老いには老いの思案かな

湯の中のわが手わが足春を待つ

遥かなる次の巳年や初み空

落第や吹かせておけよハーモニカ

もう余禄どうでもいいぜ法師蟬

椎の実の降る夜少年倶楽部かな

寒月やさて行く末の丁と半

昨日今日歯科医眼科医春愁ひ

さまざまな死生観

そのほか、私が交友のあった故人の中では、随筆家の江國滋さん、作家の結城昌治さんがすぐに思い浮かびます。

江國滋さんは、今や若い女性たちに大人気の江國香織さんのお父さんと言った方が、一般の人には通りがいいかもしれません。彼と二人で十日間ほどスイスへ一緒に旅行したことがありました。昭和六十年（一九八五）のことです。その旅の打ち合わせに京王線・国領の江國家の応接間を訪れた折、窓から見える庭で遊んでいたのが、今から考えると後の人気女流作家、香織さんでした。

私が『いのちの一句』（毎日新聞社）で、江國さんのことを記した一編を少し紹介します。

「さて、江國さんは、出発前、私に新品のトランプを十組と、煙草を四カートンほど用意するようにいった。そんな沢山のトランプと煙草など、いったいどうするのだろう、と思ったが、スイスに着いてみると分かった。

江國さんは食堂でも路上でもバスを待っている時も、周りの人びとに得意のトランプ手品をやってみせるのである。すると周囲の空気がなごんで、たちまち彼をとり囲む人垣ができ、すぐに友達付き合いになり、国の地図やしきたりなどのいろいろなことをよく教えてくれた。江國さんはそのお礼に煙草を一箱差し上げるのである。

現地の通訳の人にも、煙草を渡すとサービスがよくなって、何でも教えてくれた。

後で知ったことであるが、彼はアマチュアのマジシャンとしても有名で、ナポレオンズに「江國さんのカードマジックは、話術まで入れたら世界一」だと誉められたそうだ。

この旅は、スイス観光局の招待であった。アゴアシ付き（食事・交通費は先方負担）の代わりに、スイスの街や湖など何でも見たこと聞いたことなどをエッセイに書いて紹介する、というのが条件だった。

スイスはどこへ行っても美しく、山も湖も絵葉書そのままの景色であった。目の前のマッターホルンやアルプスの雪嶺に魅惑された。とりわけ印象的だったのは、「アルプスの少女ハイジ」の町に宿泊したことであった。町はちょうど祭りの最中で楽しかった。

江國さんも私も俳句をつくったが、お互いに一度も見せ合ったことはなかった。江國さんは、あちこちをスケッチしていた。風景もあったが、その旅でスケッチしたのは、主として人物だった。さまざまな人たちを描いた。

帰ってから、江國さんは『毎日グラフ』（この雑誌はいまはもうない）に、「にんげんスケッチブック」の連載をはじめ、終了後の一九八八年には単行本『にんげんスケッチブック』（毎日新聞社）として刊行された。

先のトランプ手品をはじめ、俳句・スケッチ・ことばに関するエッセイ・芸能・絵画鑑賞・読書・落語など、江國さんの守備範囲はひろかった。

彼は慶應義塾大学法学部政治学科を卒業後、新潮社に入社、『週刊新潮』編集部に在籍した時期があった。が、一九六六年に退社。安藤鶴夫が企画した雑誌『寄席ｆａｎ』の編集にもたずさわった。しかし、その雑誌は三号で廃刊、それ以降筆一本の文筆業に専念した。

初めての単行本『落語手帖』を出版以来、初期には演劇評論を主にエッセイを書いてきたが、その後ことばに関する随筆や紀行文を多く書くようになった。

六九年に小沢昭一や永六輔らと遊びで「東京やなぎ句会」を発足、たちまち俳句にのめり込んでいった。殊に慶弔贈答句の名手といわれた。

また、長年、「日本経済新聞」の俳壇の選者もつとめた。俳句に関しては独学、自己流に近かったが、『狩』主宰の鷹羽狩行《たかはしゅぎょう》と親しく、時折彼の添削を受けていたらしい。俳号は滋酔郎《じすいろう》だった。

このように、江國さんは幅ひろい仕事で活躍していたが、一九九七年に食道がんの宣告を受けた。」

その凄《すさ》まじい闘病記『おい癌め酌みかはさうぜ秋の酒』（新潮社）を刊行しました。私と旅を一緒した十二年後のことです。

本の題名になったこの俳句は、悲壮ながん体験をユーモラスにおどけて詠んでいます。そこが滑稽《こっけい》を目指した彼らしく、かえって淋しくさえ響いてくるのです。江國さんはその後、何度かの入退院を繰り返し、この句を詠んだ年の八月の十日に亡くなりました。享年六十二でした。


さて、結城昌治という作家をご存知でしょうか？　『ゴメスの名はゴメス』などスパイ小説で評判を集め、『夜の終る時』により日本推理作家協会賞を受賞した作家です。ハードボイルド小説を試み、『軍旗はためく下に』では軍刑法下の苦悩をとらえて、直木賞を受賞しました。あまり目立たない作家ですが、実はファンは多く、私も彼のファンでした。

結城さんは高輪商業を終えると、海軍特別幹部練習生として海兵団に入団。戦後、早大専門部法科に入学し、地検の事務官になりましたが、結核を発病して清瀬の療養所に入所しました。そこで、俳人の石田波郷《はきょう》や作家の福永武彦などと知り合い、三年間の療養生活ののち、作家生活に入ります。

平成八年（一九九六）一月に七十歳で亡くなりましたが、彼には『死もまた愉し』（講談社）という語り下ろしのエッセイと後半に「歳月」「余色」という俳句集を収めた本がありますます。私は自分自身ががんを患って、いっとき生死をさまよっているような気分の中にありましたので、そうした時にこの本に出会って、ずいぶんと癒された思い出がありまます。これを手にすると、今も懐かしい当時の思い出がよみがえってくるのです。

結城さんはこの本の「はじめに」に、こんなふうに書いています。

「だれでも死ぬことが楽しいわけがありません。人はいずれは死ぬわけですが、といって、死にたいと思って生きている人もいません。

死というのは、人生のツボみたいなものです。それも最後にやってくる。このツボみたいなものを承知しておけば、サラリーマンも、役人も、商人も、スポーツマンも、タレントも、業《ごう》つくばったマネをしないようになるだろうし、バカな喧嘩もしなくなるんじゃないかと思います。

　私は哲学者でも、宗教学者でもないし、ましてや教育者でもない。ですから、死に方について、人に何かを教えようなどという考えは毛頭もっておりません。

　とにかく、人間はいつか死ぬということ――（略）、多くの年寄りは死にたくても、なかなか死ねないでいるんじゃないでしょうか。現代は医学が発達して、それは、いい面とわるい面と両方あります（略）。

　私は昭和二年（一九二七年）の生まれです。ということは、十代を戦争中に過ごした。中学のころ『おまえら、二十歳までに死ぬ』と教え込まれた世代です。もちろん、戦争のために死ぬ、つまりは国のために死ぬわけで、それが当然のように教育されました。

（略）どうせ死ぬんならと思って、二十歳にならないうちに、海軍に志願しました。けれども、運よく助かりまして、どうやら生きられそうだと思ったら、こんどは肺結核にかかった。当時は肺病の全盛期で、死亡率もナンバーワンでした。いまから思えば、たいへんな手術を受けて、三十歳までの命だと思っていた。将来に大きな希望、あるいは野心などというものをもちようがありませんでした。

　ところが、（略）べつに欲を出したわけではありませんけれど、このぶんなら五十くらいまで生きられるのかなと思っていたら、いつのまにか五十も過ぎた。まあ、六十が定年といわれているから、六十まで生きれば十分だと思うようになった。そう思っていたから、年金の類には何も入らなかった。いまでも入っていません。六十以後の人生が、まったく考えに入っていなかったんですね。

（略）医学が進歩したおかげで、まだ生きている。私にすれば、たいへん長生きしたようなものですが、まだ生きていることが、いいのかどうか疑問にも思っています。

癌で亡くなった方の闘病記などを読むと、非常に切実なものがあります。それにくらべると、私なんぞは、いつも死と背中合わせというより、隣り合っているような感じで生きてきた。死ぬという考えに慣れてしまって、こういうのは堕落というのか、頽廃というのかわかりませんが、家の者も何も感じないようで、私も死については、家庭では何も言わなくなりました。」

こんな考えもあるのだなぁ、とつくづく読みました。

いくたびも死にそこなひしゆかたかな　昌治

第五章

「快老俳談」

金子兜太・嵐山光三郎・石　寒太

脳を心を体を

金子兜太（かねことうた）

俳人・現代俳句協会名誉会長、
1919(大正8)年生まれ

嵐山光三郎
（あらしやまこうざぶろう）

作家、1942(昭和17)年生まれ

活気づける

石　寒太（いしかんた）

俳人・「炎環」主宰・「俳句α
あるふぁ」編集長、1943
(昭和18)年生まれ

“俳句のちから”

出会いのきっかけは楸邨《しゅうそん》

石　金子さんは加藤楸邨先生の俳句結社「寒雷《かんらい》」の大先輩、嵐山さんとは楸邨先生の「おくのほそ道」が出会いでしたね。嵐山さんが平凡社の「太陽」の編集長時代で、はるか昔の話になります。

嵐山　「太陽」の特集「おくのほそ道」で初めて加藤楸邨先生にお会いしたのは、私が二十三歳の時です、もう五十年も前です。月山までと後半の二回に分けて特集しました。僕はその前から「おくのほそ道」が好きで、楸邨先生と行ったんですけど、地方に行くと先々で地元の俳人たちが待っているわけです。

楸邨先生は神様みたいなものです。僕がいいなと思ったのは、「いいところにお気づきになった」と何回もおっしゃるんです。僕はびっくりした。また別のところで、誰かが栃の実を拾って「先生、これは鹿の糞《ふん》と似たようなものですね」と言ったら、「いいところにお気づきになった」（笑）。それを十二回ぐらい聞きましたかね。楸邨先生にそう言ってもらったというので、みんな喜んじゃう。ああ、そういうふうに言えばいいんだなと思って、頭に入れましたよ。楸邨先生はとても大きな存在だったから、ああ、こういう人がいるんだ、と驚きましたね。

金子　石さんは楸邨さんに大変かわいがられていたね。我々も石さんの結婚式に行ったんです。安東次男とか尾形仂《つとむ》とか、みんなで。いい思い出ですな。

俳句は精神のリレー、感性のキャッチボール

石　では、この本の内容に沿って、まず「俳句の効用」というあたりから話を進めましょうか。金子さんは俳句は短いがゆえに、世界でも受けているとよく言われています。今の世の中、長々といろいろな薀蓄《うんちく》を述べている時間はない。そこで五・七・五音で短く、きちんと要点のみ言う。受け手もそれで対応する。そこが俳句のよさかな、という気がするんです。

金子　今年は戦後七十年で、東京新聞で「平和の俳句」という企画をやっています。それで思ったことは、俳句を作って、それを批評する人がいて、自分の句はこういう受け取り方もされているな、こういうことを含意しているなと、そんなことが感じ取れると、それがとても栄養になるらしいんです。連載で「ああ言っていただいてずいぶん助かりまし

た」という手紙がよく来ます。

短い俳句だからそういう技が効き、二人の対話ができるわけです。俳句は一人で気軽にできながら、それでいて対話が可能で、その中で救われて癒される。こういう不透明な世の中では、そういう力がずいぶん働くんじゃないですかね。俳句は一人で作る。しかし鑑賞している人が、いま一人しっかりいる。その共鳴があって、生きる力がさらに加わってくるというか、喚起される。

嵐山　そうです。金子さんは読む人と作る人の喚起される部分を大事にされていますね。それが俳句の改革であり、金子さんの功績ですね。従来のいわゆる花鳥諷詠《ふうえい》ではなくて、一見、何だかわからない句もあるし、小学生が詠んだような句もある。

たとえば金子さんの「酒止めようかどの本能と遊ぼうか」、これなんか頭に入っちゃうと、七十歳をすぎると僕なんか、しみじみと今日は酒を飲もうと思ったりしますね。詠む人もそうですし受けた側も、それをリフレインすることによって言葉のキャッチボールができるわけです。精神のリレー、あるいは感性のキャッチボールというか、それが俳句にはあるから世界の文芸になり得る、そう思うんです。

金子さんがおっしゃるように、やはりポイントは短さだと思います。従来の花鳥諷詠もいいけれども、俳句の可能性というのは、もっともっと思ったことをポンとぶつけて、そのまま出す。それでいいという、これは大変革命的なことだと思います。

石　それぞれ自分の気持ちを入れて作るわけでしょう。それで後はもう、享受してくれる読み手がどう解釈しようと相手に任せるわけで、それがいろいろなふうに広がっていくじゃないですか。短いから逆に広がって、楽しくなるんですね。

金子　そう、非常に楽しめると思うんです。

嵐山　僕なんか誤解の達人ですから、そんなふうにいくらでも誤解しちゃうんですよ。

石　誤解もまた楽しい、そう思います。

金子　そういえば「おおかみに螢が一つ付いていた」というおれの句を、嵐山さんが遺言（遺句）だと言ってくれた。あれが今でもずっと残っていて、本当だなと思うことが多いんだよ。そうだ、これはおれの遺言かもしれない。それでいいんだなと。狼のでっかい体が見えてきて、そこに光がともっている。これは立派な遺言だなと、そういう気持ちになるんですよ。

嵐山　あの句は十年ぐらい前だったですかね。一般的に言うと、齢《よわい》を重ねても俳句を詠んでいる人は、言葉を選ぶからボケませんね。それから感性が豊かだから、人と話をしている時に相手が何を考えているか、そういうことがわかる。そんなふうに役に立ちますね。だけどそれを言うと、何か役に立つ文芸みたいになって、急に嫌になっちゃう。

金子　そうだな、効用を考えると濁っちゃうんですね。

嵐山　俳句を詠むとボケませんよ、と言われたらつまらないところがあるでしょう。ただ、俳句は頭の体操だし、言葉を選ぶ。ちょっとした発見ですね。金子さんのふるさと、皆野《みなの》（秩父）の神社の狼の石像に螢が付いていたというのは、あれは発見ですよね。それをポンと出されると〝あ、そこへ行ってみたいな〟と思わせる。

金子　対話が開ける、それが大切だと思うんです。

嵐山　月山に登りましたが、芭蕉が出羽三山に登っていて〝ああ、ここだ〟というのが体感できるじゃないですか、ありがたいですよね。芭蕉が詠んだだけで力を与えられる。俳枕（俳句に詠まれた名所や旧跡）ですね。

石　そういうことを考えると、芭蕉は大変な観光大使ですね。日本全国を回っている。「おくのほそ道」が一番有名だけれども、芭蕉のおかげでみんなそこを訪ねたいと思って行く。

嵐山　芭蕉が嫌った俳諧賭博《とばく》というのは、江戸時代のギャンブルでしょう。文芸をギャンブルにしたのは日本人だけですよ。芭蕉は俳諧賭博はよくないとして、蕉風を確立したわけだけれども、俳諧を賭博にした町衆のエネルギーはたいしたものです。僕は俳諧賭博というのをやればいいのにな、と思うんです。

金子　それは、ちょっと危ないけどね。

嵐山　文芸をギャンブルにするのは、とんでもないといえばそうなんだけれども、江戸時代には前句付け（前句に付句をするゲーム）とかいろいろなことをやって、身を持ち崩す者が現れた。幕府が俳諧賭博禁止令を出すわけでしょう。すごいことですよね。

石　確かに俳諧を活気づけた、その効果はありましたね。

金子　ずいぶんある。どうってことはないんだけれども、現代でも句会によく出て自分の句がいつもとられている、そういう人は元気ですね。血色のいい顔をしている。

俳句の根幹は短さと定型のリズム

石　金子さんの父上は地元の名士（開業医）で、秩父音頭にものめり込み、句会も開いていたんですね。

金子　だからおれは五・七調というのが大好きなんだ。民謡がそうでしょ。五・七調、七・五調が幼い頃から体にしみついて、幸せにしてくれているんです。

石　金子さんのいつも言うアニミズムとつながってくるんですね。

金子　そうです。今でも「南部牛追唄」なんて大好き。七・七・五なんですよ。俳句のいいところは、短くて定型のリズムがそこにあることですね。

石　次に季語についてはどうですか。

金子　季語というのは五・七・五音が生み出した貴重な詩語だと思うんです。普通の散文とか、あるいは散文詩とか、長いものでは生み出せないような、非常に凝縮したいい言葉を生み出したのは五・七・五の音数律だと思います。だから五・七・五よりも季語が大事というのは本末転倒の考え方。根っこにはやはり五・七・五があると、おれは強調したい。季語なんて付けたしなんだ。ただ貴重な付けたしだから、非常に素晴らしい詩語で、大事にしていきたいということです。

石　では、切れはどうですか。

金子　これも五・七・五音に伴う一つの宝物ですよ。

嵐山　切れ字（「や」「かな」「けり」など）は、作っていて気分がいいですね。

金子　切れで、うんと膨らませて、相手に感銘を与えますからね。

嵐山　僕は季語は好きですけれども、金子先生は無季を入れた本を何年か前に出したでしょう。旧暦でやっているから季語にズレがある。きちんとした新しい季語で、その中に無季があるという本でしたね。無季でもちゃんと季感があればいいわけです。季語自体はとてもいいですよね。

金子　渡辺白泉の「戦争が廊下の奥に立っていた」なんて、いいですね。

石　季語と同等か、むしろ季語を上回る詩語ができたら、世界歳時記ができる。素晴らしいですね。

金子　これからどんどんそうなるだろうと思います。だから、季語がなければだめ、なんていうことではいけないんですよ。

芭蕉と一茶をめぐって

嵐山　新潮社の「波」に二年間連載したものをまとめて、今年また芭蕉の本を出します。けれど芭蕉のことが好きでやればやるほど、芭蕉ファンに怒られちゃうんですけどね。

芭蕉が江戸に来たのは、本業の水道工事人としてだった。もともと俳諧師で来れるはずがないんです。江戸の蕉門は政治結社になっていきますから、芭蕉が死んでからの分裂ってすごいですよね。芭蕉がいて、いろいろな俳諧が統一されたわけだから。

石　芭蕉が死ぬ直前も、いろいろいざこざがあった。芭蕉の最晩年、体が弱ってきたなと思う頃には、弟子たちがそれぞれ頭角を現していて、自分がリーダーになろうということでバラバラになってしまうんですね。

嵐山　さて、一茶も面白いですね。でも、芭蕉がいて、その状況なくして俳句の文学はないわけです。芭蕉が蕉風を打ち出した後、一茶に順番が来て頂点に上り詰める。それまでの状況なくして一茶はないわけです。芭蕉には一茶のような天才的な軽やかさはなくて、比べたらかわいそうですよ。

石　金子さんの言う「荒凡夫《あらぼんぷ》」。あれはもともと一茶の言葉ですね。一茶を読んでいて、金子さんは自分の生き方とフィットするなという感じですか。

金子　そうです。偉ぶる人は大嫌いだから、おれは平凡だ、俗物だと宣言できるやつに感心するわけです。そういうことを、六十歳になってあえて一茶は言ったでしょう。それに感心しちゃったわけです。しかし、荒凡夫だけだと人々の暮らしに害をなす面が大きいと思うんです。勝手なことをやるから。でも、あまり害をなしたという形跡がない。どうしてだろうということで、そこから一茶におけるアニミズムにだんだん目がいったんです。それでこれこそ、本物の荒凡夫だと思って信用したんです。

石　一茶は十五歳の時、お父さんに促されて江戸に出てきて奉公する。本当は立派に一家を構えた宗匠になりたかったわけですね。

金子　なりたかったけどなれなかった。江戸の士農工商のランク付けに縛られて、三度ぐらいチャンスがあったんだけど、全部ぶっつぶされちゃった。どん百姓のせがれですからね。

石　一茶の出自もあるけれども、最初についた先生が二六庵竹阿《にろくあんちくあ》という葛飾派で、俳諧世界の中では主流じゃなかった。

金子　葛飾派自体は江戸の三大家の一つで格式があるんです。ただ一茶は葛飾派の親玉の宗匠じゃなくて、二流か三流の宗匠に傾倒しているんです。一番の宗匠にくっついて徹底的にその人だけを見てやれば、宗匠になれる可能性があったかもしれないけど。さらに身分的にも厳しかった。それで彼はムカムカしていた。荒凡夫と言い切ったのはそういうものが根底にある。自分は気取らない、気取れないというか裸でいいんだという、おれはそこが好きなんだよ。

石　嵐山さんが一茶で好きな句は、どういう句ですか。

嵐山　好きな句はいろいろありますが、「紅梅にほしておくなり洗ひ猫」。うちの猫もほしてみたくなった。

金子　今、フランスなんかで有名だというんですけど、長女が死んだ時の句で「露の世は露の世ながらさりながら」、あれが外国人にはいいらしいですね。

石　フランスで一茶が受けているというんだけれど、それはどういうところからですか。

金子　人間的なところでしょう。ユーモアがある。作った笑いじゃなくて、人間的な笑いに満ち満ちているということじゃないかな。

石　初めての子どもが亡くなった時に「蟬鳴くやつくづく赤い風車」という、切ない句もありますね。

金子　現代俳句のような句も作っているんです。「蛍こよ我がこしらえし白露に」とか、『おらが春』にさっき紹介した「露の世は～」というのが出てくる。これもすごくいい句でしょう。これは完全に現代俳句ですよ。一茶はそんな句も作るんです。外国でも人気がある理由は、そのあたりじゃないかな。ただ叫ぶとか心情のまま詠んでいるとか、それだけじゃなくて、けっこうひねくり回して、一方では真っ当なひねくり方を平気でやる。そういうところが、芭蕉と違うんじゃないかな。

石　最後に北信濃の柏原に帰ってから、方言を生かし、俗っぽいさに徹しようと開き直ったのも、結果的にはよかったんですね。

金子　自分にはもうこれしかないと。江戸の階級制の中で排除されてきたから、もうああいう連中とは一緒にやらないぞ、というので本当の庶民の世界に身を置いた。一茶臭とでも言おうか。

今や非日本語系のHAIKUも

嵐山　一茶は方々で翻訳されているんですか。

金子　多いようですね。アメリカなんかでも人気がある。

嵐山　山頭火《さんとうか》とどっちが人気があるんですか。

金子　やはり、一茶の方が上でしょう。これは私の推測ですけど、アメリカにしてもどこにしても俳句が一番あこがれられるというのは、さっき言った短いということなんですね。彼らは短い詩を求めているんです。そういうことになると、芭蕉のようなもたもたした重苦しい叙述の句と、一茶のような軽やかな句だと、やっぱり軽やかな方がもてると私は思いますね。フランスで最も人気があるというのは定説だし、アメリカでも一茶の方が人気があると聞いています。

今、世界では短い詩が一番魅力があるんです。それで俳句への関心が高い。季語じゃないんだ。どうもその辺が誤解されている。アメリカなんかでは完全に俳句を土台にして短い詩を作って、非日本語系の俳句（ＨＡＩＫＵ）なんて言ってる。数年前ですけれども二百万人ぐらい俳句人口がある、ということでした。

嵐山　英訳してわかりやすいのが、人気があるんですよ。だから英訳の力もあって「古池や蛙《かわず》飛び込む水の音」だって〈old pond frogs jumping in sound of water〉。これはラフカディオ・ハーンの訳で、直訳なんですよ。これは蛙が複数ですね。それで蛙は何匹かという論争になった時に、アメリカ人はみんな複数だと言うんですけど、日本人はみんな一匹だと。コロンビア大学にハイク・ソサエティーというのがあって、二十年ぐらい前に句会に行ったんです。英訳が五十通りぐらいあるんだけど、サイデンステッカーの訳は〈an old quiet pond a flog jumping in splash……and silens again〉。これだと説明なんですよ。ラフカディオ・ハーンの訳の方がわかりやすいでしょう。

アメリカで山頭火が注目されるというのも、「まっすぐな道でさみしい」という句が人気があって、〈this straight road full of loneliness〉。アメリカ人はfull of lonelinessが好きでやたら使うんだけど、これも訳がうまいんですね。季語の問題じゃなくて訳が短いということが、世界文学に広がる場合のポイント。「古池や蛙飛び込む水の音」もサイデンステッカーの訳だとだめですよね。

金子　三行の短い詩が、アメリカ人には魅力があるんです。嵐山さんが言った山頭火の英訳はいいですね。

故人と己を結ぶ立禅

石　さて、金子さんは立禅（立って故人の名を唱える）というのをやっているでしょう。亡くなった人の名前を次から次へと読みあげる。来世には亡くなった人がいっぱい集って自分を迎えてくれる、という。名前を呼びかける時はどういう気持ちでやるんですか。

金子　呼び起こすというか、一番リアルにその人の像が出てくるような気持ちで呼んで

いる。僕の場合、第一番目は田舎の坊主で倉持好憲《こうけん》という変なやつなんです。その名を言った時に彼の姿がすっと出てくる。それで満足するんです。うまく出てこない時は二度、三度と呼ぶ。

嵐山　金子先生の近著『他界』に順番に、名前が出てきますね。私もそれを真似して、あだ名あり、呼び捨てあり、ていねいにフルネームありでやっています。『他界』には百二十人とお書きになっているけど、それは多いですね。僕は一応六十人が目標で、今のところはまだ四十人です。

金子　特に嵐山さんの場合だと、人づきあいにニュアンスがあるから、余計大変なんじゃないか。それが引っかかりますから、滑らかにいかなくなる。

嵐山　立禅というのは、金子さんの大発見ですね。

金子　これをやると確かに体がしゃんとするんです。

最後の名前を言った途端に、やおらしゃんとする。不思議な感じだな。

嵐山　何となくやっている人はいたんでしょうけれども。家族を最後にするという、おじいちゃん、おばあちゃんとかを、後に持ってくるというのがいいですね。

石　しっかり立ってやるんでしょう。

金子　原則立ってやるんです。風邪なんかをひいた時は寝てやる場合もあるけど。

石　百二十人、立ってやるとなると大変ですね。

金子　けっこうくたびれますよ。それに時々雑念が出てきて、そっちにとらわれたりするんです。

嵐山　僕は「カ」のところは加藤楸邨、加藤郁乎《いくや》、それから金田元彦という学校の先生で、この三人なんですが、うっかり金子兜太とやってしまい、〝あ、まだ生きてる〟。

金子　それは、ちょっとひどいや。（笑）

嵐山　うちの母親も九十八歳で生きているので、まだ名前を言っちゃいけないんですけど、死んだかどうかわからない人もいるし、生きている人をうっかり入れちゃったりするので、そこは注意しなきゃいけない。

僕はダンフミシバヤマイカシタタマゴよと覚えてるんです。ダは檀一雄さん、フは深沢七郎さん、深沢さんは死んで三十年ぐらいたつけれども、夢の中でよく訪ねてきて一緒に歩いたりしますね。ミは水上勉、シは澁澤龍彦、ヤは山口瞳、山口さんはうちの近所だった。最後はア行で、安西水丸、赤瀬川原平はまだ一年たってないですね。安西、赤瀬川ときて〝嵐山、あ、おれはまだ死んでないぞ〟と。恩になった人を言うんだから、生きている自分を入れちゃいけない。

金子　嵐山さんはまだ若くて、生きている人との関係が多いからね。おれの場合はかなり整理されてるから、あまり紛れない。

嵐山　男はロマンチストだから、金子先生の場合だったら奥様の皆子さんがあちらで待っていて、自分が他界したらまた一緒にどこか旅をしようとか、大体そう思うんですね。女はそうでもないらしいですよ。せっかく死んだんだから、今度は別の男を試してみよう、と思ったりする。だけど、そうだねなんて話をしていると、これもまた死ぬのが楽しみになってくるんですね。

金子　生死を超える、ということになるんだろうな。

耳の健康は長寿の秘訣の一つかも

石　金子さんはもともと丈夫な体を、ご両親から授ったということですね。お母さんは百四歳で亡くなった。

金子　うちの親父《おやじ》は八十八歳で死んだんだけれども、田舎ですからずっと若い時から裸で寝る癖があって、八十八歳になっても裸で寝ていたんです。それで便所へ行くわけですが、田舎の便所だから冬は寒いなかを裸で行くんです。小便はいいけど、大きい方を出したりすると時間がかかりますよね。それで帰ってきて、すぐ死んじゃった。冷えたんですよ。

石　そこで、金子さんは尿瓶《しびん》を愛用するわけですね。

金子　これは絶対尿瓶だと思った。嵐山さんも使った方がいいですよ。その図体《ずうたい》からすると、これから夜中に小便に行くのはよくない。体の小さな人はいいけど。ベッドのそばに置いておくと、尿瓶は実に楽なんです。

石　金子さんも嵐山さんも、長命のタイプですよ。

金子　親が長命だと子は短命だというけれども、金子家はみんな長命ですね。遺伝するんですね。

嵐山　うちの母方はみんな長命なんです。それは時代もあるんだろうな。

石　元気の秘訣というか、自分で心がけていることはあるんですか。嵐山さんも少しは気をつけているんでしょう。

嵐山　僕は気をつけてないですね。ちょっと運動しなきゃいけない。五年くらい前まではダイビングで海に潜っていましたが、七十歳になってもうやめようと思ったんです。

石　根を詰めて執筆ばかりしていると、体によくないですよ。でも、時々温泉とか行くじゃないですか。

嵐山　温泉ももう行かなくなっちゃった。温泉に行きすぎて体がふやけちゃったんです。僕は一気にのめり込んで、すぐ飽きるタイプなんです。

石　金子さんはご自分で漢方をやったり、自転車をこいだり……、いいと思うことをいろいろやってるじゃないですか。

金子　今はちょっと小休止しているんです。子どもから叱られているんだけど、運動は多少はしなきゃいけないですね。食事には気をつけていますよ。息子の嫁が作ってくれる健康的な家庭料理なんですが、最近はだいぶ肉を食べるようにようになりました。

石　この間、電話したら、その時は歯医者に行かれていたんでしょう?

金子　今やっています。入れ歯というのは難しくて、まだしっくりこない、うまくなれないんです。

嵐山　僕はまだ自分の歯ですよ。入れ歯も作ったけど、今ははずしています。

金子　目は今のところ大丈夫。目薬は使っていますけど。

嵐山　メガネをかければ大丈夫だけど、どんどん弱くなりますね。耳も悪くなりました。

金子　おれの場合は耳は不思議に悪くならないから、補聴器も使っていない。自分でも驚いています。親父も死ぬまで耳のことは全然言ってなかった。耳は大事ですね。いろいろなことがクリアに聞こえてくるというのは、神経を休めますよ。長寿の秘訣の一つじゃないかな。

石　僕の同級生なんか、耳が初めにダメになってきたという人は多いですね。右耳がだめだから左側で話してくれ、とかね。

金子　そういう人はたぶん短命だね。立禅でも両耳から聞きながらやるぐらいの調子でないとダメなんです。そうすると忘れないでずっと続けられる。耳で覚えるというのがあるんだよ。嵐山さんは聖路加病院の名誉院長の日野原重明さんと話したことはありますか。

嵐山　ないんです。あの人は面白いんでしょう。普段は静かにしていて、講演になると急に元気になってパッとしゃべって、終わると疲れて、また静かになるんでしょう。

金子　そうなんです。医師会の仲間をロンドンに連れていって、みんなから何かやれと言われて踊りを披露したらしいんですよ。そうしたら熱が出て急遽《きゅうきょ》帰された。聖路加で診たら年齢の割に動きすぎるというので、自分の病院に入院させられたらしいですよ。

〝一句一句〟でますます元気

石　金子さんは一九一九（大正八）年生まれなので、イックイック（一句一句）で、自分は俳句のために生まれてきたような人間だと自慢しているんですが、本当にその通りになっている。そういう人ってなかなかいないですね。

金子　ほかに能力がないということだろうな。おれは嵐山さんみたいな多能な人と違うから。

嵐山　そうやって、いつも人のことをからかうんですよ。

金子　おれの場合は単能なんです。それでかえって長生きするんだ。日野原さんを見ていてもそうですよ。単能ですよ、あの人は。

石　それで金子さんは胆嚢《たんのう》がんになっちゃった（笑）。医者も年齢的にはもう手術はちょっとやめた方がいいと躊躇《ちゅうちょ》したのに、「やってくれ」と即座に言った。

嵐山　あの話はすごいですね。九十二の時ですか。瀬戸内寂聴さんも昨年、九十二で手術をしたんですよ。

僕が思うのは、死というのは人間は体験できませんよね。死ぬことが楽しみだと言うけれども、死ぬということは自分が死んだという意識も死ぬことですよね。生前は感じられるから、おれはこれから死ぬんだなというふうに思うことはあるけれども、死そのものは体験できない。「他界」ということで死ぬ楽しみを持っていると、生きていることが毎日意味を持ってきて豊かになるということを、金子さんの本（『他界』）で教えられましたね。母も一日で読んじゃって面白かったと言っていました。話し言葉だからすごく読みやすいですね。

金子　ぜひ読んでください。

石　では、まだまだ話は尽きませんが、この辺でお開きということにします。いろいろ楽しみを持って、ますます〝いきいき〟俳句を続けましょう。

第六章

「五七五」の定型は、日本人には難しくない

「五七五」の定型は、俳句の第一の「約束」です

俳句が文学かどうか、という議論は別にして、世界中に詩という文学があり、その中でも「五七五」、わずか十七音で表現する俳句は「世界で最短の詩」だと言われています。

でも、最短かどうかは、まだ世界中の文学の研究が残されていますから断言はできません。また、「世界一短い詩だから」とえらぶってても仕方ありませんし、最短かどうか、世界で一番短い詩であるかどうかが問題なのでもありません。

ここでは、ただ「それくらい、きわめて短いことば、語句で表現する、そうした表現形式が俳句なんだ」ということを「了解」していただければいいということです。

「五七五」、わずか十七音で表現する。これは俳句という表現形式の一つの約束です。

表現というものは、自由ではないのか、表現するのに「ああだ、こうだ」という約束があるのはおかしいではないか、という人ももちろんいると思います。

でも、約束があるからこそ「面白い」「楽しい」ということもあります。たとえが適当かどうかわかりませんが、これを相撲だと考えてみればどうでしょう。相撲にはまず「土

俵」があります。この「土俵の中で勝負をする」というのが日本の相撲の第一の約束です。そして、土俵から身体の一部が一ミリでも出れば負け。土俵の中であっても足の裏以外の身体の一部が土につけば負け。約束はこれだけ。単純といえば単純、厳しいといえば非常に厳しい。

けれども、それが「約束」なのだということを受け入れれば、その単純さ、ことばを変えれば厳しさといった要素が逆に楽しみになりますし、それを克服することさえも「面白く」なっていくのです。

あるいはテニスというスポーツを見ても、このことは同じです。テニスには相撲の土俵と同じように「コート」というものがあります。この「コート」の中にボールを入れることが第一の「約束」。その上で、ワンバウンド以内で返球するといった「約束」が加わります。いくらきれいに返球しても、それがツーバウンドで打ったものでは意味がありません。

こうした「約束」を俳句に置き換えてみると、その第一の約束が「五七五」の定型、つまり「定まった形」となるわけです。そして、そういった「約束」があるものだとわかった上で、だからこそ「楽しい」「面白い」という気持ちの方向があることを了解しておいてほしいと思います。

これが俳句を始めるときの一番最初の気持ちのもち方、初学の姿勢と言ってもいいでしょう。不自由や制約が、かえってモノづくりの突破口になる、創作のエネルギーを高めてくれる、という話をよく聞きます。同じように、俳句をやってみようかな、という皆さんも、このことを励みにしていただきたいと思います。

では、最初に「五七五」音の定型の俳句で、多分、日本人なら誰でも知っているだろうと思われる句をいくつか挙げておきましょう。ここでは「五七五」音の定型というはこういう感じなんだな、ということが伝われば十分です。

古池や蛙《かわず》飛び込む水の音　　松尾芭蕉

菜の花や月は東に日は西に　　与謝蕪村《よさぶそん》

雪とけて村一ぱいの子どもかな　　小林一茶

柿食えば鐘が鳴るなり法隆寺　　正岡子規

けれども「五七五」の定型は、がちがちの「ルール」ではない

相撲の話でいえば、相撲ファンに年配の方が多いのはご承知の通りですが、それもこの「約束」や決まり事を、楽しみの一つにすることが出来る、気持ちに余裕のある年代だからとも言えるでしょう。

同じように、俳句も多くの年配の方たちが関わっているジャンルです。小中学生から百歳のご長寿まで、俳句は全世代にわたって楽しめるものですが、このところの高齢社会では六十代以上の方々の中で「俳句をやっているよ」という人が増えています。

なぜか。とかく若いうちは、表現行為などというと「約束」や「決まり事」などうっとうしいだけだ、なぜ自由にやっちゃいけないんだ、と言いがちです。それはそれでよくわかる話です。でも、ある程度の年齢になり、人生を重ね、様々な社会経験を積んでくると、「約束」や「決まり事」があった方が面白い、と思えてくるというのも事実です。相撲ファンと同じです。

ただし、俳句は「五七五」の定型でやりましょう、というのはあくまで一つの「約束」

であって、がちがちのルール、法律や条例のようなものではありません。まずこうやって作った方が俳句ができる可能性が高い、という経験則から出来た方法論の中の「約束」や「決まり事」であって、そこが「ルール」に従って勝ち負けを争うスポーツなどとは違うところです。

また、茶道などで要求される「作法」のようなものでもありません。ですから、「作法」と違うからといって、品格を問われたり、破門になったりするようなこともありません。

「五七五」はがちがち、絶対のルールではない。品格を問う「作法」でもない。というところで、「五七五」を「六七五」とか「五七六」にした「字余り」の句も時には出てきます。そして、「字余り」があるなら「字足らず」もありというので、「五六五」とか「四七五」の句もまれに現れます。

果ては「字余り」「字足らず」どころではなくて、「五七五」の定型の枠さえ否定してしまったかのような「自由律」などという俳句も生まれてきます。自由律では種田山頭火《さんとうか》とか尾崎放哉《ほうさい》といった有名な俳人がいますが、では、彼らは一体どういった俳句を作ったのか……、紹介しておきましょう。

分け入っても分け入っても青い山　　種田山頭火

後姿のしぐれてゆくか　　同

咳をしても一人　　尾崎放哉

声に出して詠んでみても、書かれたものを見ただけでも、すぐに「五七五」の定型俳句とは違うことがわかると思います。こういった形のものを俳句とは認めない、という人もいますし、広く詩のフレーズとしてはあり得るだろうし、わからないでもないが、これを俳句と言われると困る、という人もいます。

でも、先に述べたように、「五七五」の定型は俳句の「絶対のルール」ではありません。ここで紹介したような「自由律」の句を作った山頭火や放哉にしても、最初から「咳をしても一人」といった形でやっていたわけではなく、彼らも「五七五」の定型で作るというのが俳句の最初の作り方であったはずです。そうして、自分の生き方や創作方法を追求する中で、自由律になっていったのでしょう。

ですから、まず第一歩は約束通りに「五七五」でやってみる。そうして、どうしてもその「約束」では自分の表現ができない、納得できないとなれば、自由律でも一行詩そのほかの短詩型でもやってみる、ということでいいのではないでしょうか。

意外というと変ですが、自由律をやってみて逆に「五七五」の定型の中でやる面白さに気がついた、という人もたくさんいます。

いずれにせよ、「五七五」の定型は俳句の第一の「約束事」ではあるけれど、「絶対のルール」というわけではありません。いろいろな表現に挑戦してみるという気持ちも大事です。

暮らしの中には「五七五」音があふれている

多分、俳句をやってみようとした人の九割以上が「五七五」の定型の中で俳句を作ることに、何の不思議もなく取り組んでいるのではないかと思います。

何の不思議もなくと言いましたが、それよりもう少し積極的に言えば、「五七五」で日本語の表現行為をすることに「心の安定」を感じているのではないか、もっと踏み込んで言えば「快さ」「快感」といったものを感じているのではないか、と思うのです。

ではなぜ、多くの人は「五七五」の中に「心の安定」や「気持ち良さ」「快感」を感じたりするのだろうか……。そういう疑問を持つ人もいるでしょう。このことに分け入っていくと、とんでもなく長い議論になりますので、ここでは詳しく述べることは避け、簡単に説明しておきます。

簡単に言えば、太古から日本語の「語り口」にとって「五音」の音節と「七音」の音節がなじんできたから、ということ。日本語の原型は、五音節と七音節を「は」とか「を」といった助詞でつないだ形。これが日本語の音数律、わかりやすくいえば日本語の基本的なリズムになっているというわけです。

ですから「五七五」の表現の中で五七調・七五調のリズムがぴたっとはまれば、すっきりする、気持ちがいい、というのは日本人として実に当たり前のことなのです。それは私たちの暮らしの中、身の回りに「五七五」の表現があふれていることでもわかります。

たとえば、小学校の時のことを思い出すと、「今週の目標」などというものがありました。「みんなでね　あさのあいさつ　わすれずに」「おそうじと　せいりせいとん　がんばろう」といったようなもの。いわゆる標語ですね。こうした標語はほとんどの場合、「五七五」のリズム、音数律で出来ています。

標語といえば交通標語とか安全標語が一番なじみがあるものですが、この分野でも「五七五」はあふれています。有名な「飛び出すな　車は急に止まれない」にしろ、「運転を休む気持ちにゆとりあり」「安全は基本動作の繰りかえし」にしろ、非常にわかりやすい「五七五」になっています。つまり、調子のいい語り口の中で目標、テーマがよく伝わるということです。

新聞に目を向けても、見出しなどに「五七五」の定型の調子良さ、気持ち良さは活用されています。たとえばプロ野球、オールジャパンの四番、北海道日本ハムファイターズの中田翔選手の活躍を伝える見出しは「四番だ！　やったぜ中田決勝打」といった具合。気持ち良く、言いたいことが伝わってきますね。

長く日本人に愛されてきた伝統演劇の世界に目を移すと、結婚式でおなじみの能の謡曲「高砂」の冒頭は「高砂やこの浦舟に帆を上げて」と「五七五」になっていて、めでたさが気持ちよく広がっていきます。

まさに「五七五」の音数律、五七調・七五調のリズムに乗ったときの気持ち良さ、「五七五」の定型の、いわゆる「型にはまる」「決まる」という快感と、その威力がよくわかる話です。

このように、「五七五」は私たちの暮らしの中にあふれています。ですから、この定型を使って俳句表現に取り組むのは、それほど厄介なことでも、難しいことでもないということが、多くの人々に了解されているわけです。

日本人のＤＮＡに響く「定型」の快感

皆さんも耳にしたことがあると思いますが、和歌や短歌のことを「みそひともじ」と言ったりします。これは和歌や短歌をかなで書くと「三十一文字《みそひともじ》」になるからで、つまり三十一の「音数」で表現される日本伝統の短詩型の一つということになります。

俳句も和歌の伝統を引く言語表現ですから、和歌を「三十一文字」と言うのにならって「十七文字」の表現と言ったりする人がいます。でもこれは間違いで、和歌が「かな三十一文＝三十一音」であるのと同じく、俳句は「十七音」の表現というのが正しい言い方です。

つまり、ここでは「音」というのがキイワードです。

その「音」によることばのリズム、音数律のことを「韻律《いんりつ》」と言ったりしますが、それは詩歌の句々の音数と、その組み合わせの構成によって生まれます。そして日本語の場合、先に述べたように、五音節と七音節の繰り返しによって「韻律」、リズムが生まれるとされています。

日本人は太古、万葉の昔から五七調・七五調の詩、和歌や俳句、歌謡といった表現の中で、まず「音」としてのことばで自らの気持ちを表現し、またそのことで周りの人々と心を通わせ合ってきました。詠む、声にして詠じる、というのはそういうことです。

俳句は日本人のDNAともいえるリズムに乗って気持ちのいい表現を創り出すだけでなく、「俳句を詠む」、実際に声に出して俳句を詠じてみる、ということを創作と鑑賞の両方の基本としています。つまり作るときには頭の中で「五七五」定型の〝気持ちの良いリズム〟を刻み、さらに実際に声に出して五七調・七五調の〝いい調子〟に乗ってそれを詠んでみる。これほど精神的にも肉体的にも解放感があり、気持ちの良いことはありません。

こうして俳句は一部の人のものではなく、老若男女、多くの日本人に親しまれる自己表現の方法となりました。ある有名俳人が俳句盛況の現代社会を見て「俳句人口は一千万といってもいいだろう」と言い、またある著名俳人が「日本人ならば、いざとなれば誰でも俳句の一つや二つは作れるんですよ」と言うわけです。

作って気持ち良く、声に出して詠んで気持ちがいい。五七調・七五調の表現を自分のものにする、つまり俳句を作るというのは、「すっきり感」とか「すっとする、なんとも言えない快さ」を手に入れることなのです。

俳句を作り、気持ちをすっきりさせてストレスをためない。現代人の心の健康にとって、これ以上いいことはありません。

俳句はリズムである

この項では日本語の「音」をキイワードに稿を進めていますが、その観点から言えば、「声に出して詠んでみて気持ちのいい句が名句だ」と言えるかもしれません。あるいは

「名句は詠んで気持ちが良いものである」と言うべきでしょう。

十年ほど前にベストセラーになった本に『声に出して読みたい日本語』（草思社）があり、石寒太の「かろき子は月にあづけむ肩車」も載っていますが、その中で著者の齋藤孝さんは、「歴史のなかで吟味されて生き抜いてきた名文、名文句を私たちはスタンダードとして選んできた」と言っています。つまり、日本人は多くの名文、名句、名文句の中から、こういうのを自分たちの表現のスタンダード＝標準としようとして自然に選んできた、というわけです。

続けて齋藤さんは、それらの名文、名句、名文句が日本人のスタンダードとして選ばれ、残ってきた理由として、次のように述べています。

「声に出して読み上げてみると、そのリズムやテンポのよさが身体にしみ込んでくる。そして身体に活力を与える。それは、たとえしみじみしたものであっても、こころの力につながってくる。」

その例として、「リズム・テンポに乗る」という項目で小林一茶の次のような句を紹介しています。

痩蛙《やせがえる》まけるな一茶是《これ》にあり
雀の子そこのけく御馬《おうま》が通る
我と来て遊べや親のない雀
やれ打つな蝿《はえ》が手をすり足をする

たしかに、調子がいいですね。

日本語の持つリズムやテンポの良さと、それを詠み上げることの「効果」「効能」について、教育学・身体論の専門家である齋藤さんがこう言うのですから、うれしくなってきますね。

俳句に関わった多くの先人たちが「俳句はリズムである」と言ってきましたが、それは俳句の魅力の根幹が、日本語の特性である「五七五」のリズムやテンポと深く関わっていることを伝えようとしてくれていたのだと思います。

俳聖芭蕉の「舌頭千転《ぜっとうせんてん》」という至言

「俳句活動」については、多くの人が「俳句を作る」と言っていますね。「句作に励む」などと言いますから、多分これが俳句に向かうときの最も一般的な言い方、言われ方だと思います。

ただ、その辺の意識の持ち方では、いまだに俳句を「ひねる」とか「案ずる」とか古風に言う人がいます。その一方で現代では、俳句を「書く」と言う人もいます。小説を書く、詩を書く、と同じような創作活動として俳句も書く、と言いたいのかもしれませんが、どうも「書く」では俳句の大事な何かが抜け落ちるような気がしてなりません。そういう意味では、やはり俳句は「詠む」と言うのが一番よいのではないでしょうか。

作って「詠む」。これで、ぐんと力がついたという人をたくさん知っています。実は、あの俳聖といわれる松尾芭蕉も「句調《ととの》はずんば舌頭に千転せよ」という言葉を残しているのです。

この芭蕉の「舌頭千転」についての言葉を現代語に直すと、句の調子がととのわない、リズムが悪いと思ったときは、舌の上で何回でも口ずさんでみなさい、詠んでみなさいということになるでしょう。「舌頭千転」、覚えておいてほしい名言です。

俳句を作るときには、出来たものを一度声に出して詠んでみる。何か変、どうも調子が悪い、リズムに乗っていない、テンポがない、と感じたら作り直してみる。そしてもう一度、声に出して詠んでみる……。こういう作業は、俳句作りの根幹と言っていいと思います。

また、それだけでなく、俳句には季節に応じてたくさんの「名句」が残されていますので、その中から自分の好みの名句をセレクト、ピックアップして、声に出して「詠んでみる」こともお勧めします。

名句を詠む。すると、その名調子によって胸の中に気持ち良さが広がり、見事にストレスが解消されていく……。しかも俳句に対するセンス、日本語の言語感覚がおのずと磨かれていきます。

まことに、俳句ほど現代社会に生きる人々、とりわけ年配の方々にぴったりの言語表現はないのではないかと思います。

俳句は「頭の体操」として最適

「五七五」の定型とともに俳句の両輪ともいえる、もう一つの重要な要素の「季語」について後で詳しく述べますが、ここでは余談的に「五七五」の定型と季語について、少し触れたいと思います。

たとえば、季語の中には「雀《すずめ》海中に入って蛤《はまぐり》となる」とか「蛙《かわず》の目《め》借時《かりどき》」といった長い語数のものがあります。

「雀海中に……」の方は数えていただければわかりますが、なんと十八音。先に俳句は十七音と言いましたが、その前提がもろくも崩れていくような、お手上げ状態。「蛙の目借時」はその半数の九音ですが、それにしても十七音の半分以上を占めることになるという話です。

いくら短詩だ、使うことばが少ないのが特徴だといっても、これではあまりにも自由に使えることばの数が足りない。足りないどころではなく、「雀海中に……」などは定型の音数を最初から超えているといった、とんでもない状況です。

最近の季語でも八音の「バレンタインの日（バレンタインデー）」などのように、それだけで十七音の半分近くを占めるようなものがありますから、「五七五」にこだわっていたら「とてもやってられない」という意見も、当然出てきます。

こういう長い語数の季語を、先人はどうやって扱ってきたのでしょうか。多分、かえって面白いよ、やってみようよ、といった気持ちで取り組んだのだろうと思います。

たとえば「雀海中に入つて蛤となる」。これは晩秋に雀が海辺で騒ぐことから、雀が蛤になったという中国の俗言で、物事はよく変わるものだということわざのようなもの。これが中国の季節感や季節観を表した二十四節気・七十二候になっていて、そこから俳句でも晩秋の季語とされています。

こういうやっかいな季語に取り組んだ奇特な人もいて、たとえば明治を代表する文豪で正岡子規の「弟子」として俳句も好んで作った夏目漱石。彼は次のような句を残しています。

子は雀身は蛤のうきわかれ

同じく明治人で正岡子規の弟子、「ホトトギス」の重鎮として知られた村上鬼城は、次のように詠みました。

蛤に雀の斑《ふ》あり哀れかな

昭和以降の俳人では上田五千石さんの一句。

蛤の夢に雀の頃の磯

櫂《かい》未知子さんの一句は次の通り。

雀蛤と化して食はれけるかも

こういう句は、素直に詠んだというより「季語」の内容をうまく「こなした」といった方がいいかもしれませんが、いずれにせよ、このようにして扱いにくい季語を「五七五」の定型に生かしながら俳句にしていくという方法もあるわけです。

では、季語「蛙の目借時」はどうでしょうか。これは、意味としては「眠気を誘う春の暖かさの中でも、苗代のできる頃の蛙の鳴き声を聞いていると、ウトウトと眠くなって目を閉じてしまう。それは、蛙に目を借りられるから」というもの。晩春の頃の季節感をいう古風な俳諧味が愛されている季語で、「目借時」と略すこともあります。

例句としては、次のようなものがあります。

顔拭いて顔細りけり目借どき　岸田稚魚

目借時狩野の襖絵《ふすまえ》古りに古り　京極杜藻《とそう》

実際に蛙に目を持っていかれることはありえないわけですが、「そんな感じ」という季節感をどう表現するか。そして、その表現でどう共感を得るのか思案する。ここが、俳句の楽しみの大本です。

では、現代的な季語「バレンタインの日（バレンタインデー）」は「五七五」の中でどう生かされているのでしょうか。

まずは、大家の一句。

大いなる義理とて愛のチョコレート　堀口星眠

これは直接「バレンタインの日」と言わないで、その季語の意味を生かして一句として成立させた作品ですね。

では、バレンタインデーの主役、現代女性はこの語数の多い季語をどのように「五七五」にしているのか見てみましょう。

薔薇《ばら》抱いてバレンタインといふ日かな　友田美代

空っぽの犬小屋バレンタインの日　高橋秋子

一読、何の違和感もなく「五七五」の中に、つまり五七調・七五調の中にカタカナの語数の多い季語が生かされていることに驚いてしまいます。逆に言えば、これぞ五七調・七五調、「五七五」という定型の力といった感じです。

こう見てくると、厄介な季語も、扱いにくそうな季語も、どんと来い。どうやって「五七五」の定型にまとめていくか、俳句にしていくか考えることは、大人の「頭の体操」だ。そのように俳句を位置づけて実践してみるのも面白いのではないでしょうか。

俳句の第一の「約束事」は「五七五」の定型、その「約束」を楽しむというテーマを、いま一度思い出すことから始めましょう。

第七章

もう一つの大事な約束は、「季語」を使うこと

「季語」は俳句の「いのち」です

ここまでは、俳句の第一の「約束」として、十七音＝「五七五」の定型について述べてきました。

実は俳句にはもう一つ、「五七五」の定型と同じくらい重要な、両輪の一方とでも言える「約束事」があります。それは「季語」というものです。これは俳句の「いのち」と言っていいほどの、きわめて大切な要素だと認識しておいてほしいと思います。

日本人の胸に響くことばのリズムとして「五七五」という定型がどれくらい合っているのか、暮らしの中にあふれる標語とか見出しの例で説明してきました。たとえば「飛び出すな車は急に止まれない」といった「五七五」パターンの言葉の使い方のことです。

でも、いくらインパクトのある「五七五」パターンの言語表現であっても、それが「詩」になっているかといえば、それは別問題になります。

単なる「五七五」パターンの標語は、何かの目的を多くの人に伝えることについては相当の効果は見込めると思います。でも、そうであったとしても、「標語」を読んで感動した、という話は聞いたことがありません。「五七五」の定型だけでは、人の胸を打つ「感動」の表現とはならない。ここが、標語と詩の違いです。

その違いは、どこから生まれるのか。俳句の「五七五」の定型が、標語ではなく詩となって成立するために働いている要素とは何か。それが「季語」なのです。「季語」あってこその俳句、「季語」があるからこそ俳句は詩となっている、ということです。

そういう意味では、俳句にとって「季語」は「五七五」の定型よりも重要な要素かもしれません。

「季節のことば」がいざなう共通の感慨

では、「季語」とは何か。どういうものか。

それは簡単に言えば「季節を表現することば」というふうに捉えていいと思います。日本の言語表現の中で、万葉の時代から一つのことばを使うことが特定の季節に結びつくという方法がありました。梅や桜は春、紅葉や実りは秋を指す、といったようなことです。そして、その「季節のことば」がいざなってくれる感情、思い、感慨といったものの中には、この四季の鮮やかな島国に生まれ育った者にとっての一定の共通項があったわけです。多分「季節感＝日本列島の住民の共感の基礎」と言って間違いないと思います。

たとえば「桜咲く」ということばを聞いて、「いやだ」とか「寂しい」とか、あるいは「汚い」といった感情を抱く日本人は、まずいないと思います。日本人というより、この島国に生まれ育ち、この四季が巡る環境の中で育った人間は、と言った方が正確かもしれません。

「風薫る」「薫風」といったことばも同じです。この初夏の季節感を代表することば、つまり「季語」を聞いて、多くの人は、五月頃の心地よい風を思い浮かべることが出来るはずです。

ここで、ちょっとした遊びをしてみましょう。

「五七五」の定型の話の中で、「五七五」の表現だけでは詩にならない、俳句にならない、と記しました。では、そこに「季語」を入れてみたらどうなるのか。少々強引ですが、標語や見出しの「五七五」表現の中に「季語」を入れてみようというわけです。

たとえば、「五七五」パターンで例に挙げた「四番だ！　やったぞ中田決勝打」というスポーツ新聞の見出し。これを「薫風ややったぞ中田決勝打」とすればどうでしょう。なにか、俳句的な感じが生まれてきているような感じがしませんか。

「薫風」という初夏の季語が上の五音に入っただけ。でもそれだけで、初夏の野球観戦の気持ち良さ、中田選手の快打ぶりだけでなく、薫風の心地良さとあいまって、球場全体の爽快感がいっそうくっきりと浮かび上がってくるのではないでしょうか。

なにしろ、俳句は世界でも珍しいくらいの短い詩です。あれこれ事情や背景を説明しようにも、たった十七音しかありませんから、そんな余裕などありません。

ですから、そこであれこれ言うことを潔く諦め、最低限伝えたいことばだけを残すことに傾注します。そしてその分、自分の気持ちと受け止めてくれる人との気持ちの「架け橋」、あるいは「共通のテーブル」としての「季語」の活用を考えます。

「季語」は人の気持ちの「架け橋」「共通のテーブル」と言いましたが、四季の巡りの鮮やかな日本の風土では、春夏秋冬、季節季節の自然や行事が象徴性を帯びてきます。そのことが「架け橋」「共通のテーブル」につながっていくのです。

先に述べたように、「桜咲く」とか「風薫る」「名月や」と言っただけで、人々の心にある種の感慨、感情が湧いてきます。そして、その感慨や感情の中には、必ず共通するものがあるはずです。そのことを「気持ちの架け橋」とか「共通のテーブル」と言っているわけです。

そして、そうした共通の感慨のテーブルがあることによって、つまりそのことばを使うことによって、俳句の作者の言いたいことやアピールしたいことが、読み手にも伝わっていく、ということです。

この「共通する感慨」が「季語」を成り立たせ、その「季語」が俳句を支えているということ。さらに「季語」があるからこそ、俳句はあれだけ短いことばの表現でありながら、表現に血が通い、深く、広く人の心を捉えることが出来るのです。

まさに「季語」こそ、俳句の「いのち」というわけです。

「有季定型」の俳句

「季語」は俳句の「いのち」。言い換えれば季節感の「キイワード」です。この「季語」を使うことを大きな「約束事」とする俳句は、そのまま「季節の詩」と言ってもいいかもしれません。

春夏秋冬の四季の巡りが鮮やかな日本列島に住む私たちは、その移り変わる季節の感覚をとても大切にしてきました。そうした中での暮らしが生み、育て、磨いてきたことばが「季語」なのです。

日本の美しさの根幹を雪月花と言ったりしますが、気温の寒暖にともなって、季節は微妙に動き、様々な表情を見せてくれます。

花が咲き、花が散り、葉が色づき、葉が落ちる。雪が降り、氷が張り、また溶け、雪解け水が流れ、梅が咲き、桜が咲き、梅雨の長雨がある……。

蟬《せみ》が鳴き始め、たまらぬ蒸し暑さがあり、大きな星空が広がり、赤とんぼが飛び交い、月が輝きを増し、災害を恐れる農民たちは台風から逃れるように祈り、商家は酉《とり》の市で熊手を買いながら年越しの用意をする……。

そうしたこの島国の暮らしと風土に培われた共通の感覚が、独特の美意識や倫理観、詩情を背景とした「キイワード」となって、私たちの中に定着していきました。

もともと季語とか季題と呼ばれる「季節のことば」は、俳句のルーツである「俳諧」の中でずっと大事にされてきたものです。江戸時代の芭蕉の頃もそうですが、俳諧は連句（俳諧の連歌）という形で行われてきました。つまり、何人かが集まって行う「集団の表現行為」だったわけです。

具体的に言えば、連句の最初の一句は発句《ほっく》、二句目は脇句と呼ばれ、そして第三、第四、第五……と続いていき、最後の句は挙句《あげく》（これで終わりの意）と呼ばれます。そして最初の発句の人が「五七五」を作り、次の脇の人がそれに「七七」を付ける、第三の人がまた「五七五」を作り、第四の人が「七七」を……というふうに、ことばを鎖のように連ねて作っていく形をとります。まさに一座の共同制作で、今でも俳句が「座の文芸」と呼ばれる理由はここにあります。

そして、この連句の最初の一句、つまり発句には必ず季語、季節のことばを入れるという約束がありました。そして、第二句の脇句を作る人は前の人の句の季節の中に入り込む、つまり一つの季節の感慨に裏打ちされた一座のテーマが伝わるような表現上の手段が講じられていた、ということです。もうおわかりのように、これが「季語」を入れる、という約束の原点です。

この連句が明治になって正岡子規によって「改革」されました。やはり言語表現は「自己表現」、自分自身の表現でなければつまらない、共同で言語表現するなどナンセンスだ、という近代意識です。

そして子規は最初の句、発句だけを独立させて「俳句」という表現形式として再出発させました。そのときに、発句には季語を必ず入れる、という「約束」もそのまま残ってしまったのです。

こうして明治以降、正確に言えば正岡子規以降の「俳句」は、「五七五」の定型に「季語」を入れることを約束とする、ということが定着していき、今日に至っているというわけです。これがいわゆる「有季定型」という俳句の形で、現在の俳句のほとんどはこの形で行われています。

その後の現代俳句の歴史の中には「無季俳句」といって、季語を使わない俳句も生まれています。しかしながら、これから俳句を始めるという初心者の段階では、基本的には季語が使われていない俳句や「五七五」定型表現以外の俳句のことは考える必要はない、と言ってさしつかえないと思います。

まずは「有季定型」、「五七五」に「季語」を入れる。ここから俳句を始めてみましょう。

季語を知るには歳時記を手に入れて

ここまで見てきておわかりのように、季語は長い時間をかけて、この島国に住む人々の間で「共通の感慨のテーブル」として選択され、洗い直され、鍛えられ、磨かれて、了解に至った「季節のことば」の数々です。ですから「自分はこれが冬のことばだと思うから、これを季語にしました」と言っても、簡単に通用するものではありません。

俳句はその基本に「相手とわかり合おう」とする姿勢を残していて、その役目を「季語」に託していますから、「私はこれを季語にする」とそのままストレートに言っても、相手が〝そうかなあ〟と思ってしまえば、それでおしまい。「共通の感慨のテーブル」としての「季語」の役目は果たせません。

そういう経緯の中で、これならばという「季節のことば」が「俳句歳時記」に集約されるようになりました。現在、俳句を作ろう、俳句を詠もうとする人々は、ほぼ百パーセント、この歳時記の中の季語を使っています。

ただ、季語成立の背景には時代の変化もありますから、すでに死語になってしまったようなものもありますし、「バレンタインデー」や「花粉症」のように現代のことばで「季語」となったものも少なくありません。ですから「季語」は一体いくつあるのか、と言われても、時代とともに動いているので、答えは非常に難しいのです。

たとえば、江戸時代後期の歳時記には約五千という数の季語が収められていますし、現代の大型の歳時記でも五千から六千くらいの季語を収録するというのが一般的な編集方針のようです。しかし実際に使われる季語は、それほど多くはありません。また、現在ほとんどリアリティを失っているような季語を無理やり使うようなことをする必要もありません。そういう作業は、プロに任せておけばいいのです。

とりわけ、これから俳句を始めようという人たちが実際に使う季語は、多分五百くらいあれば十分かと思われます。山本健吉編の有名な歳時記に『基本季語五〇〇選』（講談社学術文庫）というのがあります。その辺の数が目安になるのではないでしょうか。

逆に言えば、春夏秋冬の四季に新年を加えた「五季」で約五百の基本季語というわけですから、それくらいは覚えておきましょうよ、ということです。五百というと、けっこうあるなという印象をもつかもしれませんが、実作の中で使っていれば、それくらいの季語を覚えるのはそんなに難しいことではありません。多くの皆さんがやっていることですし、頭の訓練としては、ちょうどいいくらいと言えるかもしれません。

また、石寒太編では『オールカラー　よくわかる俳句歳時記』（ナツメ社）があり、ここには二八〇一の季語が収録されていますが、「覚えておきたい季語」と「よく使う季語」に分けて掲載されていますので、初心者には非常に便利な使い勝手のいい歳時記になっています。

歳時記に掲載されている句の中から、「有季定型」の俳句の形と季語を確認すると、次のようなことになります。例句はすべて松尾芭蕉の句を挙げてみました。

　春立つや新年ふるき米五升

これは「春立つ」が季語で、季節は「新年」ということになります。

さまざまのこと思ひ出す桜かな

もちろん季語は「桜」で、季節は「春」。

閑《しず》かさや岩にしみ入る蝉の声

この句は「蝉」が季語になりますから、季節は「夏」。

菊の香や奈良には古き仏たち

ここでは「菊」が季語になっていますから、季節は「秋」。

初しぐれ猿も小蓑《こみの》をほしげなり

これは「初しぐれ」が季語。「しぐれ」は「冬」の季語となっています。

このように確認していくと、自分が思っていたことばが、実は考えていた季節の季語ではなかった、というケースも出てきます。また、思わぬことばに出合ったり、いつも自分が思っている季節感が、美しいことばで「季語」になっていることを発見することもあるかもしれません。

こういったことも、俳句の楽しみの大きな要素になっていると思います。自分が使えることばが増えていく、豊富になるというのはうれしいことです。

「五七五」の定型に季語、「有季定型」の俳句を作ってみようかな、というふうに気持ちが動いたら、まず手軽な「俳句歳時記」を入手することから第一歩を始めましょう。

歳時記の中の「季語」と季節の分け方

実際に俳句を作り始めるには、まず手軽な歳時記を手に入れてください、とおすすめしました。そうして歳時記を入手すると、それでは今の季節、夏なら夏、秋なら秋の区分の中に、どういった「季語」が、どれくらい記載されているのかを確認してみよう、ということになるでしょう。

「さて、春にはどういう季語があるかな?」というわけですが、そのときに、現代に生きている私たちが受け止めている季節区分、普段感じている春夏秋冬の四季の分け方とちょっと違うのかな、と気がつく人も多いのではないかと思います。

つまり、春なら春の季語として、「梅」「桜」といったことばが歳時記に記載されていますが、では、そもそも春というのはいつからいつの間のことを指すの？　という疑問です。

俳句の歳時記というのは、季語、季節のことばをその季節ごとに分けて紹介してあるものではないのか？　当然、そうなっています。そうなってはいるけれど、ほとんどの歳時記は、巻頭のどこかに必ず「本書の使い方」とか「凡例」という形で、四季の季節区分の仕方について「断り書き」を入れています。

なぜでしょうか？

現在、私たちは太陽暦のカレンダーで一年を暮らしています。これは、太陽の周りを地球が一周する三六五日余（一太陽年）を一年とするカレンダー、暦を生活の基本にしているという意味です。この太陽暦カレンダーでの季節区分としては、春＝三月・四月・五月、夏＝六月・七月・八月、秋＝九月・十月・十一月、冬＝十二月・一月・二月、というのが現代の常識です。

しかしそれだけでなく、私たちの暮らしの中には、いわゆる旧暦（太陰太陽暦）の感覚での四季観も色濃く残っています。代表的には「旧盆」といったようなことですが、なにしろ月の満ち欠けを基礎にしたそうした暦を日本人は千年以上使ってきたのですから、その影響が残って当然とも言えるでしょう。

ただ、別の項で詳述しますが、新暦＝今の太陽暦（陽暦）と旧暦＝太陰太陽暦（陰暦）とでは約一カ月、大きいときには一カ月半以上のズレが生じてしまうことがあります。当然、四季の寒暖は太陽の運行と連動していますから、新暦と旧暦では四季感覚が違ってくるのもまた、当然のことになります。

こうした太陽の運行＝季節の巡りと旧暦のズレを解消しようとしたのが「二十四節気《にじゅうしせっき》」という考え方で、これは太陽の動きをもとに一年十二カ月を二十四等分したものです。立春、春分とか立秋、秋分とか、夏至、冬至とか、大寒、啓蟄《けいちつ》とか、今の私たちの暮らしの中で使われていることばも、実はその二十四節気のことばなのです。そして、旧暦の時代でも、この二十四節気の区分によって私たちは暦のズレに関わりなく、ある程度リアルな季節の到来を捉えられるようになっていました。そこから、二十四節気のことばは重要な季語として認識されるようになりました。

言ってみれば、二十四節気は旧暦を太陽暦的に補完するもの、もしくは旧暦と新暦（太陽暦）の中間的な考え方として位置づけられるものなのでしょう。実は現在刊行されているほとんどの「俳句歳時記」の季節区分、四季の区分の仕方は、この二十四節気に拠《よ》っています。

季節のことば、季語の使用を重要な約束事とする俳句の歳時記としては、季節の特徴を明示する二十四節気、さらにそれを細分化した七十二候に拠るというのは、当然の方向性だったのではないかと思います。

猛暑の中でも「立秋」なのか

では、実際の歳時記では「季節区分」をどのように書いているのか、具体的に見てみましょう。たとえば、石寒太編の『オールカラー　よくわかる歳時記』では巻頭に次のような説明文を付けています。

＊

「本書の使い方」

●季の配列は春・夏・秋・冬・新年の順にした。

●各季は、

春は、立春より立夏の前日まで（二月四日頃～五月五日頃）、
夏は、立夏より立秋前日まで（五月六日頃～八月七日頃）、
秋は、立秋より立冬前日まで（八月八日頃～十一月七日頃）、
冬は、立冬から立春の前日まで（十一月八日頃～二月三日頃）

としました。

新年は、正月に関係のある季語を四季とは別に集めました。

＊

こうした表記の仕方は、歳時記の季節区分の説明としては実にオーソドックスなもので、これで春夏秋冬の分け方がわからない人はいないでしょう。そして一カ月半もずれたりする旧暦の季節感に比べると、二十四節気のこの区分は、ずいぶん太陽の運行の実態に近くなっていると言えるでしょう。

でも、これでも現在の私たちの季節に対する実感と「ちょっと違う」と感じる人は少な

くないと思います。たとえば、八月。現代に生きる私たちにとって、八月は盛夏。猛暑に苦しめられる季節というイメージが鮮烈です。そうした中では、「今日、八月八日は立秋です。秋になりました」と言われてもなあ、というのが本当のところでしょう。

実際、俳句関連書の中でそうした違和感をはっきり表明した人もいます。

随筆家で「東京やなぎ句会」に拠って盛んに俳句の活動もした江國滋さんは、現代日本の四季観に、新暦、旧暦、そして歳時記の二十四節気区分の三パターンあり、とした上で、あえて「私的四季観」で春夏秋冬を区分すると宣言しました。江國さんの「私的四季観」とは、春は三月・四月、夏は五月・六月・七月・八月、秋は九月と十月、そして冬は十一月・十二月・一月・二月。この江國流の季節区分に大賛成という人もいると思います。

寒くても「新春」ということばに「春」を感じる

ただ、俳句は「約束の世界」ですから、いくら暑くても「立秋」の後は秋の季節で詠むのが俳句的である、という立場を了解する人が多数です。

一方でそうは言いながら、季節感のズレは「季節の詩」である俳句にとって、根本的な悩みでもあります。この悩みは明治初期に暦法が太陽暦に変わって以降、ますます深くなったと言ってもいいでしょう。

そのことを象徴するのが、歳時記の中の「新年」という区分です。本来ならば歳時記は春夏秋冬の四季に従って季語を分類すればいいはずなのに、なぜわざわざ四季のほかに「新年」の区分を作るのか。

それは、「新年」「正月」に関わる季語の多くが旧暦（陰暦）の頃の季節感を強く残しているからです。たとえば「新春」といえば、旧暦の時代では新年と実際の春の訪れが一体化していました。本当に「新年」＝「新春」だったわけです。

旧暦の季節区分では春は一月・二月・三月。一月一日は年が改まるめでたさもさることながら、春になったことの喜びも大きかったと思います。ちなみに、旧暦カレンダーで平成二十七年（二〇一五）の一月一日を見てみると、それは新暦カレンダーの二月十九日に当たっています。その頃ならば「新春」の感じを納得できるかもしれませんね。ところが、現在の新暦（陽暦）の一月一日は厳寒の季節。春のかけらもありません。

このように現在の私たちは、「新年」関係の季語を、冬に入れても春に入れても、どうもしっくりこないという感覚を持っています。そこで「新年」だけは、春夏秋冬とは別の特別の季節感があるものとして独立させた、というのが実際のところではないかと思われます。つまり、外はまだ寒風が吹きつけていても、「新年」とか「新春」「千代の春」といった言葉の中に「春」を感じよう、それが俳句的である、というわけです。

この季節感と暦のズレは、新暦を採用した近代以降、さらに深い悩みになっていますし、現代では地球の温暖化など、太陽の運行以外の要素で季節の寒暖が狂い始めています。

季節を詠むことを大切にしてきた俳句の世界は、ますます悩みを深めているといったところですが、次の項では暦と季節感のズレの大本についてちょっと触れたいと思います。

第八章

季語と自分の季節感覚にズレはないかな

月の満ち欠けは素晴らしい暦だけれど

俳句にとってきわめて重要な要素である季節感は、暦と密接な関係をもっています。この島国の季節感を表す四つのことば、「ハル」「ナツ」「アキ」「フユ」というのは、太古から使われてきた日本独特の大和ことば、和語です。

たとえば「ハル」は、草木の芽が張ってくる「張る」からとか、いい天気である「晴る」からできたとされています。また「アキ」は、秋空が澄んで明るくなる「アキラカ」からとか、草木の葉っぱが紅くなる「アカク」からとかいわれています。

もうおわかりだと思いますが、大和ことばの「ハル」や「アキ」は、自然の動きに対応した、いわば「自然暦」です。たとえば、あの大木が芽吹き始めたから、あるいはあの桜が咲き始めたから、「そろそろ種をまこうか」というような、自然暦=農事暦であったわけです。

しかし、自然暦は毎年同じように推移するというわけにはいきません。その年の寒暖の差だけでも大きく影響を受けます。

それに比べると、月の満ち欠けをベースにした「太陰暦」は、安定的にかなり正確に月日を刻むことができました。中国や日本など四季のある国は、その暦によって季節が区分されていったのも、これまた当然のなりゆきだったわけです。

そうして太陰暦（陰暦・旧暦）は、私たちの暮らしと切っても切れないものとなっていきました。

先に名句を声に出して詠んで、気持ち良くなろうと記しました。そして、『古今集』とか『新古今集』の和歌、芭蕉や蕪村《ぶそん》、一茶らの江戸俳句、こういった名歌や名句は、暮らしの中の季節感をきわめて重要な要素としてきた、とも言ってきました。

ですから、それらの名歌、名句に詠まれた季節感を現代の私たちがきちんと受け止めようとするときには、日本で長く使われてきた「太陰暦」の理解が不可欠。そうしておかないと、太陽暦（陽暦・新暦）で生活している現代の私たちは、太陰暦の季節感についてトンチンカンな理解をすることになってしまうのです。

ここで、なぜ新暦といわれる現在の陽暦と旧暦といわれる陰暦との間に、日時や季節感のズレが生じるのか、簡単に説明しておきましょう。

その「ズレ」は陰暦、つまり太陰暦が月の運行に基づいた暦であることから生じていま

〔月の満ち欠け〕

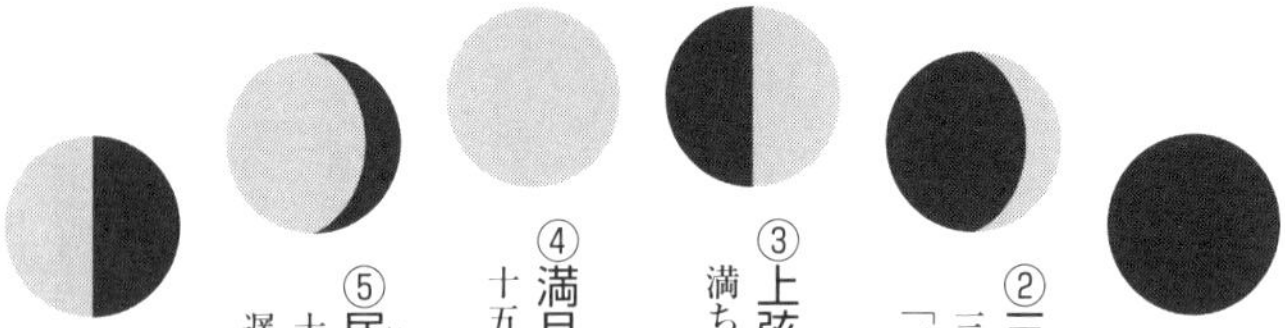

①新月（朔）
旧暦の第一日目の月。新月で月は見えません。闇夜です。

②三日月
三日目の月。この日から上弦の頃までを「弓張り月」と言います。

③上弦の月
満ちていく途中の半月のこと。

④満月（望月）
十五日目の月。十五夜とも言います。

⑤居待月《いまちづき》
十八日の月で、だんだん月の出が遅くなります。

⑥下弦の月
二十三日目の月。二十三・二十四日目の月を「下の弓張り」と言います。

すので、まず太陰暦とはどういう暦なのか記します。

太陰暦とは、基本的に「月が地球を一周する時間」を基準にして作った暦です。月はほぼ七日をめどに、新月（朔《さく》）→上弦《じょうげん》→満月（望月）→下弦《かげん》→晦日《みそか》と変化していく、いわゆる「満ち欠け」を繰り返します（上図参照）。その変化、「満ち欠け」の一巡は平均すると二十九日半です。

この「月の満ち欠け」の一巡の、およそ二十九日半を「ひと月」とするというのは、人間にとって非常にわかりやすい話で、月という大空にかかった「暦」を見ていたら、大過なく過ごせていけたわけです。

ただ一方で、太陽暦の一年は地球が太陽の周りを一周する「一太陽年」を言い、これが三六五日余日になります。そして、その一太陽年＝三六五余日に比べると、ひと月を平均二十九日半とする太陰暦の一年は約十一日少なくなるのです。ここが太陰暦（旧暦）の大問題、大弱点でした。

「閏月《うるうづき》」という名案で季節感を生かす

太陽暦の一年に対して、太陰暦の一年は約十一日足りない、という大問題。つまり、春夏秋冬の四季の巡りと気温の寒暖は、太陽の動きにリンクしているというのが自然の摂理ですが、十一日のズレのために太陰暦の四季は自然の摂理にそぐわなくなってくるのです。

わかりやすくいえば、一年に約十一日ずれていくと三年でほぼ一カ月分のズレになるということです。そして当然のことながら、九年では三カ月のズレが生じるということ。三カ月といえば、一つの季節が丸々ずれるということになります。これでは生活がめちゃくちゃになってしまいます。

最も困るのが農業です。春三月、暖かくなったら種まきの準備をしよう、秋九月、涼しくなったら収穫だ、というのが毎年の生活の基礎なのに、今年の暦の三月は梅雨の真最中だ、暦では九月なのに大雪だ、というのではどうにもなりません。

月次と季節区分がずれてしまうと暮らしがうまくいかないという問題がありながら、実際に太陰暦で暮らしていると月次と季節がずれていく。そこをどうやって調整するのか、という工夫をその頃の人たちは考え出しました。

それが「閏月《うるうづき》」というもの。現在の太陽暦では四年に一日、二月に「閏日」を入れていますが、その超特大版です。十九年の間に七回、一年を十二カ月ではなく「閏月」を一カ月分加えて一年十三カ月にする、という素晴らしい工夫を考え出しました。江戸時代の書き物などに「閏四月」とか「閏十二月」といった記述を見ることがありますが、それがこの「閏月」。そうやって、日にち、月次と季節区分のズレを調整していったのです。名案でした。この名案を生かした暦を「太陰太陽暦」と言います。

「二十四節気」「七十二候」というアイデア

さらにもう一つ、名案がありました。暦と日本人の季節感に大きな影響を与えてきた「二十四節気」と「七十二候」という季節区分です。

月の満ち欠けをベースにした太陰暦では、放っておくと太陽の運行が影響する季節の巡りがずれていくということ、そして、そのズレをタイミングをみて調整、調節するために「閏月」というスペシャルな「ひと月」を作って、一年が十三カ月になる年を設定した、という話も紹介しました。

それでも「閏月」を入れる前年などは、かなりのズレが生じていたはずです。こうした中で、農事や年中行事は毎年変わりなく続けていかなくてはなりません。そこで取り入れられたのが「二十四節気」と「七十二候」という考え方でした。

「二十四節気」の場合は太陽の運行に連動して、一年を二十四に分ける、つまり、ひと区分を十五日とします。「七十二候」の場合はさらに細かく七十二分割し、ひと区分が五日。つまり、二十四節気のひと区分を三分割したものが七十二候ということになります。

具体的に言えば、二十四節気は二月四日頃の「立春」から始まります。そこから十五日ごとに区切りが入って、次は二月十九日頃の「雨水《うすい》」。続いて三月五日頃の「啓蟄《けいちつ》」、三月二十日頃の「春分」、四月四日頃の「晴明《せいめい》」、四月二十日頃の「穀雨《こくう》」、五月五日頃の「立夏」、五月二十一日頃の「小満《しょうまん》」、六月五日頃の「芒種《ぼうしゅ》」、六月二十一日頃の「夏至」、七月七日頃の「小暑《しょうしょ》」、七月二十二日頃の「大暑《たいしょ》」、八月七日頃の「立秋」、八月二十三日頃の「処暑《しょしょ》」、九月七日頃の「白露《はくろ》」、九月二十三日頃の「秋分」、十月八日頃の「寒露《かんろ》」、十月二十三日頃の「霜降《そうこう》」、十一月七日頃の「立冬」、十一月二十二日頃の「小雪《しょうせつ》」、十二月七日頃の「大雪《たいせつ》」、十二月二十一日頃の「冬至」、一月六日の「小寒《しょうかん》」、一月二十一日頃の「大寒《だいかん》」。

たとえば「穀雨」は「春雨が降って百穀を潤す」という意味、「芒種」は穀物の種をまく時期という意味。このように暦の中に季節の巡りに応じた「目印」を入れて、暮らしや農事に齟齬《そご》をきたさないようにしたわけです。

さらに細かく、五日ごとに季節の目印をつけた七十二候は、たとえば「桃始笑《ももはじめてさく》（桃の花が咲き始める）」とか「玄鳥来《つばめきたる》（ツバメがやってくる頃）」というように、わかりやすく季節の巡りを教えてくれました。

この「二十四節気」と「七十二候」は、太陽暦の要素を太陰暦に実用的に生かそうとする優れたアイデアでした。

「おくのほそ道」出立《しゅったつ》の三月二十七日は五月十六日

平安時代前期の九世紀半ばに出来た「宣明暦《せんみょうれき》」の時代が延々八二〇年余りも続き、江戸時代の前期になってやっと、天文暦学者で徳川幕府天文方の渋川春海《はるみ》が初めて日本独自の暦である「大和暦」を作ります。

これが「貞享暦《じょうきょうれき》」と呼ばれるもので、中国と日本の地理的な差異を考慮した、より日本に即した太陰太陽暦でした。「貞享暦」は一六八五年、貞享二年から使用が開始され、その後七十年間使われています。ですから、たとえば松尾芭蕉の業績を象徴するあの「おくのほそ道」紀行は、この「貞享暦」が支配する日付の中で行われたことになるわけです。

一六八九年、元禄二年の三月、松尾芭蕉は弟子の曾良《そら》をお供にし、「おくのほそ道」に向かって江戸を旅立ちました。時に芭蕉、四十六歳。多分、人生の晩年を感じつつ、一大決心をしての旅立ちだったと思います。

「おくのほそ道」ではその旅立ちの日が「三月二十七日」と記されています。千住宿《せんじゅしゅく》での別れを詠んだ「行く春や鳥啼《な》き魚の目は泪《なみだ》」はよく知られていますが、問題は「三月二十七日」です。

この元禄二年はちょうど「閏月」が入る年になっていて、「閏一月」が入りました。ですから、年が明けて一月、閏一月、二月、そして三月の二十七日となったわけで、この日を現在の陽暦に当てはめると、なんと五月の十六日。

現在の感覚で言うと、三月の下旬ならば春とはいえまだ寒さも残る中、北への旅に出たのだな、という趣があります。でもそれが、実は五月の薫風の中の出発だったかもしれない、となるとどうでしょう。ずいぶん季節感が違ってくることに驚いてしまいますね。

こういうのが陰暦、つまり旧暦と現在の陽暦の季節感の違いの実際だということを覚えておいてほしいと思います。

「五月雨」は梅雨なのだ

「おくのほそ道」の話を続けます。太陰太陽暦である「貞享暦」の三月二十七日に江戸を出立した芭蕉は、北関東から東北各地を巡り、越後から北陸に入って、さらに美濃・大垣までの十三カ国の行脚を続けました。全行程二千四百キロ。所要日数は五カ月半にも及ぶ大旅行でした。

「おくのほそ道」は基本的に紀行文で、随所に俳句を入れた構成になっています。たとえば、日光を訪ねた折には次の句が添えられます。

あらたふと青葉若葉の日の光

陰暦の四月ですから、現在の五月下旬から六月にかけての気候。初夏から盛夏へと向かうときの日光の山々の感じと荘厳な東照宮に向かう感動が見事に詠まれています。

そして、岩手・平泉の高館を訪れたときには、あの源義経の悲劇を思いながら詠んで、次の名句が生まれました。草や葉に関連した季語はもう「夏草」になっています。

夏草や兵《つわもの》どもが夢の跡

気候に目を向けると、陰暦五月はすでに梅雨の季節。中尊寺光堂（金色堂）や最上川《もがみがわ》河畔《はん》の大石田で、その雨をモチーフに芭蕉はこう詠みました。

五月雨《さみだれ》の降り残してや光堂
五月雨を集めて早し最上川

五月の雨と書いて「さみだれ」。五月（皐月）は「さつき」と読みますが、その「さ」に「水垂《みだ》れ」が付いて出来た語といわれます。意味としては五月に降る雨で、ここでは梅雨ということになります。

ですから、現在の私たちがこの「季語」を使うときに、五月の雨の日だからといって即「五月雨や」とやれば、それは大きな間違いになります。「五月雨」はあくまで梅雨の意味で使うべきで、単に五月の雨を詠みたいときは、素直に「五月の雨」とやればいいのです。

この辺が旧暦を背景として出来た「季語」を使うときの要注意事項で、「五月晴」という季語も、本来は「梅雨の合間の晴」ということ。ところが現在では、本当にきれいに晴れた五月の青空の意味で季語として使う例も出てくるようになりました。

これなど、それもよしとする向きもありますが、やはり本来の意味をきちんと押さえた上での表現を心がけるべきではないかと思います。

明治維新と陰暦から陽暦への大改変

「貞享暦」は一六八五年、貞享二年から七十年から使われました。その後、寛政の改暦などを経て、江戸幕府最後の改暦である「天保の改暦」に至りますが、この「天保暦」は太陽暦の要素を取り入れるなど、かなり精緻《せいち》にできた太陰暦で、「太陰太陽暦」と呼ばれるにふさわしい暦であったようです。

とはいえ、やはり現在私たちが使っている太陽暦・陽暦の季節感とはズレがあります。たとえば、二十四節気の「立冬」は十一月七日頃のことですが、この日から冬の季節感が強まるかといえば、太陽暦の現実ではそうではありません。紅葉情報しきり、秋の深まりを感じる季節です。こういう「どうもカレンダー、暦と季節の巡りの実感がずれている」という思いを、私たちはいつも抱いています。

実は、というのも変ですが、多分この「ずれている」感じを日本人がはっきりともつようになったのは、今から一四〇年ほど前からのことだろうと考えられます。

一八七二年、明治五年の十一月九日に、明治新政府はそれまでの日本の歴史を刻んできた太陰太陽暦を廃止し、現在私たちが使っている太陽暦を採用することを公布しました。鎖国が続いていたら、別に暦を変える必要はなかったと思います。閏月や二十四節気、七十二候を生かした太陰太陽暦の「天保暦」で十分日々を暮していけたからです。でも、欧米諸外国と外交するということになれば、そうはいきません。

ある意味、明治維新はこの暦法の改変で完成を見、現代に続く明治時代はここから始まったと言ってもいいでしょう。それくらい、暦法の改変は大きな意味をもっているということです。たしかに、この「暦法改変」の決定は「大英断」だったと思います。なにしろ幕末の動乱、戊辰《ぼしん》戦争を経て、明治の新時代となってまだ数年のことです。

季節感のズレを楽しむ

公布された暦法改変は、一カ月を置かず実施されました。天保暦の明治五年十二月三日を、明治六年の一月一日、元日とする。このことが粛々と実施されました。約一カ月の前倒しです。

この時点で日本の暦は約一カ月のズレを生み、以降、調整することもなく、現在に至っているわけです。そして、この明治五年十二月三日＝明治六年一月一日をもって、それ以前の暦は「旧暦」、以後の暦は「新暦」と呼ばれることになりました。

「旧暦」時代の季節感や生活習慣、年中行事の季節感覚などは凍結保存されたような状態で、それ以降の日本人の中に残っていきました。今でもすべてが解凍されたわけではありません。とりわけ、春夏秋冬の季節の境目のところがあいまいというか、どっちつかずというか、なかなか難しいことになってしまいました。

現実を見ても、「立春」の日の大雪とか、「立秋」の後の猛暑とか、もう「頭の中で調整するしかない」といった季節感の中で、私たちは暮らしています。

また、毎年のことですが七月七日の「七夕」の日、ニュースのアナウンサーはこう言います。「今日七月七日は七夕ですが、今年も雲が厚く、星空は望めそうもありません」。

「七夕」は中国の「牽牛《けんぎゅう》織女《しょくじょ》」の伝説による風習と、日本の「棚機津女《たなばたつめ》」信仰が習合した年中行事。星空のランデブーの物語は「お約束」ですし、俳句の歳時記でも「星祭」「星合《ほしあい》」などが季語になっています。

でも、現在の七月七日は梅雨のさなか。星空など望むべくもありません。ただし、これが旧暦ならどうでしょう。ちなみに平成二十七年（二〇一五）の旧暦カレンダーでは、「七夕」は陽暦の八月二十日に当たります。その頃ならば、美しい星空が広がっていることでしょう。

このように季語を知ることから「旧暦」の季節感を知り、現在の私たちの季節感との「ズレ」を知ることが出来ます。そうして知識を得たところから、両方の季節感を楽しむというのも、現代を生きる私たちの「脳活俳句」の面白さと言えるかもしれません。

旧暦時代の名句を学ぶ

芭蕉の生きた元禄期の「貞享暦」も、幕末の「天保暦」も、明治五年十二月＝明治六年一月の「暦法の大改変」によって、すべて旧暦になってしまいました。でも私たちは、その旧暦の時代に出来た名句、たとえば芭蕉や蕪村や一茶の句のあれこれを知っていますし、十分に楽しむことが出来ます。

それは現代に生きる私たちの季節感が、旧暦時代に育まれた季節に対する感覚の上に成り立っているからだと思います。ですから、俳句が季節感を大切にする文芸、言語表現である限り、旧暦時代の名句を学んでおくことは決して無駄ではない、いや、大いに役に立つと言ってもいいのではないでしょうか。

そうした旧暦時代、江戸時代に生まれた名句は、三大俳人といわれる芭蕉や蕪村、一茶だけのものではありません。そのほかにも優れた俳人が数多くの名句を残してくれました。なかにはその句は知っているけれど、どういう人が作ったのか知らなかった、ということも多々あると思います。

たとえば、次の句はどうでしょうか。

朝顔に釣瓶《つるべ》とられてもらひ水　加賀千代女《かがのちよじょ》

江戸時代の女性俳句の代表というよりも、俳句史に残る名句と言うべきでしょうか。子どもの頃から俳句を学び、十七歳の時に芭蕉の高弟・各務支考《かがみしこう》に認められて名が知られるようになりました。

朝顔の花。現代では夏休みの宿題の絵に描かれたり、七月六日〜八日に東京・入谷鬼子母神《いりやきしぼじん》で「朝顔市」が開かれたりするので、なんとなく「朝顔は夏の季語」と思っている人も多いようですが、実は秋の季語。古くから秋の七草に数えられていました。朝顔の花のことを直接言わず、その蔓《つる》が井戸の釣瓶に絡みついていたので「もらい水」をした、という趣向でその花の美しさや、作者のやさしい気持ちを伝えています。

ほかにも旧暦の春夏秋冬を詠んだ名句がたくさん残されています。

梅一輪一輪ほどのあたたかさ　服部嵐雪《らんせつ》

これは芭蕉の高弟・服部嵐雪の句の中でも最も知られた句と言えるでしょう。もちろん、季語は「梅」で春。太古から春先の花と言えば梅とされてきた、日本の春の象徴のような花です。非常にわかりやすく、「梅一輪一輪ほどの」とたたみかけていく調子の良さも好まれたのだと思います。

ただ、この句を「梅一輪一輪ごとの」と覚えている人も多く、その人たちは「梅が一輪咲くごとに春の暖かさが増していくようだ」と誤った解釈をしているようです。そうではなくて、この句は上五の「梅一輪」で軽く切れていますから、春の暖かさといっても、まだ一輪分ぐらいのもので、周りはまだ寒気が残っているよね、ということになります。

越後屋に衣《きぬ》さく音や更衣《ころもがえ》　榎本其角《きかく》

作者の榎本（宝井）其角は、服部嵐雪と並ぶ芭蕉の門弟の双璧。この越後屋は当時の江戸一番の呉服屋さんで、今の三越に続く老舗《しにせ》です。季語は「更衣」で夏。その季節の日本橋の大店《おおだな》の賑わいを見事に捉えています。ポイントは「衣さく」音。店の者が勢いよく絹や木綿の布をさく音が聞こえてきそうです。旧暦では四・五・六月が夏で、江戸時代は四月一日が春から夏への衣替え。「衣さく音」が初夏の気分も伝えています。

さうぶ湯やさうぶ寄《より》くる乳《ち》のあたり　加舎白雄《かやしらお》

加舎白雄は江戸中期の人で、門弟四千人といわれた高名な俳人。「さうぶ」は「菖蒲《しょうぶ》」のことで、端午の節句での「菖蒲湯」のことを詠んでいます。五月五日の男子の節句。菖蒲で邪気を払い、健康を願うという風習は古くから行われてきましたし、現代にもそれは残っています。旧暦の端午の節句を現代のカレンダーに当てはめれば六月の中旬あたりになるでしょうから、今の五月五日の季節感よりももっと蒸し暑い感じだったのではないでしょうか。

だからこそ、「菖蒲湯」の乳の辺に菖蒲が寄ってくる肌感覚、視覚、そして香りが際立ってきます。そうした「感覚的」なものを的確に捉えた名句と言えるでしょうし、感覚的であるだけに、現代の俳句と言ってもいいような訴求力をもった一句となっています。

初恋や燈籠《とうろ》によする顔と顔　炭《たん》太《たい》祇《ぎ》

炭太祇は江戸中期の俳人で、江戸の生まれですが京都に移って活躍しました。ちょっと変わった経歴の人で、大徳寺真珠庵で剃髪《ていはつ》しながら、花柳界《かりゅうかい》に移り、遊女たちに俳句を教えていたのだろうといわれます。この句の「燈籠」はお盆の燈籠《とうろう》のことですから秋の季語。その燈籠の陰で初恋の少年と少女が顔を寄せ合っているという初々しい情景に、初秋の季節感を添えています。時代を超えて深い印象を読む者の心に残してくれる一句です。

やはらかに人分けゆくや勝角力《かちずもう》　　高井几董《きとう》

高井几董は江戸後期に活躍した京都の俳人で、師は蕪村。この句は勝った力士が土俵から降りて帰っていく姿を描いて秀逸。人情の機微として非常に「よく分かる」詠みぶりで、とりわけ相撲好きにはたまらない一句になっています。

ただ、句はよくわかるけれど季語は？　という人も多いと思います。季語は「相撲」で秋の季語。これは、奈良・平安の時代に旧暦七月に宮廷行事として全国の力自慢を集めた「相撲節会《すまいせちえ》」が行われていたことから。旧暦の季節区分では七月は初秋。ここから「相撲」は秋の季語となりました。現在の年六場所の大相撲の場合、たとえば「初場所」といえば新年の季語、後は春場所（三月）、夏場所（五月）、秋場所（九月）といった、それぞれの季節に応じた季語になっています。

木枯しの果てはありけり海の音　池西言水《ごんすい》

池西言水は江戸中期の俳人で、この一句で「木枯しの言水」の異名をとりました。季語はもちろん「木枯し」で冬。ひゅうひゅう、ごうごうと吹きすさんだ木枯し。最後は海の上を吹き渡っていって、あの海鳴りになったのか。どどうっと聞こえてくる海鳴りは、あの木枯しの果てだったのか……。よほど多くの人の心に残ったのでしょう。以後、江戸期を通じてこの句をベースとした「木枯しの……」という表現の俳句や川柳がいくつも作られました。

そして、その流れの中で昭和戦前を代表する一句も生まれたといわれます。昭和十九年（一九四四）、太平洋戦争末期に作られた山口誓子《せいし》の「海に出て木枯帰るところなし」。特攻隊の片道飛行を詠んだとされています。

水鳥《みずとり》やむかふの岸へつういつい　　広瀬惟然《いぜん》

広瀬惟然は芭蕉の弟子の一人で、風狂の人ともいわれた放浪の俳人。毀誉褒貶《きよほうへん》のある人生でしたが、師の芭蕉には愛されました。この句の季語は「水鳥」で冬。鴨《かも》、カイツブリ、百合鴎《ゆりかもめ》、鴛鴦《おしどり》などの冬の水上の鳥の総称。その水鳥たちが向こう岸へ静かに、軽やかに、水面を滑るように動いていっている、という句意。どこにも難しいところのない、わかりやすい一句で、惟然の生き方そのものをも象徴しているともいわれる一句ですが、この句の眼目は「つういつい」という擬態語。惟然はこうした擬態語や擬声、口語づかいに優れた人で、俳句表現の幅の広さ、自由さを現代人にも示してくれています。

元日やくらきより人あらはる、　　加藤暁台《きょうたい》

加藤暁台は江戸中期の人で、同時期の俳人としては与謝蕪村と並び称されています。人が暮らしている町は真っ暗闇の中にあるが、それが次第に明けていくうちに、一人、また一人と人間が現れてくる。こうした情景は、現代ではよほどの地方の町に行かないとない

かもしれませんが、江戸時代では当たり前のことだったと思われます。そして、暗闇からすべてが始まっていくというシンボリックな表現で元日、新年を詠もうとする方向性は、現代の感覚に通じるものがあると言えるでしょう。

第九章

楽しい俳句作りのために

俳句は誰でも作れる

現在行われている日本の文芸の中でも、俳句ほど多くの人に親しまれている詩型はありません。一説に「俳句人口一千万人」という話があり、また一説に「日本人なら誰でも俳句くらいは作れるだろう」という声があります。

事ほど左様《さよう》に、俳句は特別な人々ではなく、ほんとうにごく普通の、いわゆる庶民一般大衆の中で盛んに作られています。「俳句を作ってみたいけれど、自分にはそんな才能がないから」などとためらっている人などいないような盛況ぶりです。

実際、現在どういう人たちが俳句を作っているのかといえば、まず「年齢に関係なく」ということが挙げられるでしょう。現代俳句の世界では「子どもだから」という必要はありませんし、「いまさら、この歳で」ということもありません。職業を見ても、農業、漁業、サラリーマン、職人さん、商店主などなどバラエティに富んでいます。

また、このところの著しい傾向ですが、俳句をやろうという女性が非常に多くなっています。ちょっと前までは、まだ「女流俳人」とか「女性俳人」とか言って、女性が俳句をやることを妙に特別視するきらいがありましたが、いまや俳句を作っている人の六割から七割が女性だろうと思われます。俳句をやるという環境、条件において、男性だ女性だという意識はまったくなくなったと言っていいでしょう。

まさに老若男女を問わず、「俳句は誰でも作れる」という状況になっています。

ただ、そうした状況の中で何より大事なのは「素直な心」です。松尾芭蕉は俳句は「三《さん》尺《せき》の童《わらべ》にさせよ」と言っています。三尺とは身長一メートルくらいですから小学低学年でしょうか。俳聖、俳句の神様と呼ばれる芭蕉が、それくらいの子どものてらいのない、初心で作った句が一番いい、と言うのです。

つまり、俳句は理屈じゃない。学問でもない。逆に「深い教養」や「立派な学問」は邪魔になるかもしれません。肝心なのは、物事にぶつかったときに子どもの口からふとこぼれ出るような初心の句。その気持ちさえあれば、六十すぎ、七十すぎから俳句を始めても決して遅くはありません。大丈夫、俳句は誰でも、いつでも作れます。

俳句は百歳すぎてもできる！

二〇一三（平成二十五）年現在、日本はWHO加盟国の中で世界一の長寿国だといわれています。女性の平均寿命が約八十七歳で世界一、男性の平均寿命は約八十歳で世界四位、平均して世界一の長寿国というわけですが、元気なお年寄りの多いことを如実にわからせてくれる分野があります。俳句の世界です。

たとえば、私が実行委員として関わっている東京都清瀬市の「石田波郷《はきょう》俳句大会」の一般の部で話題となったのが、九十歳超の方々の元気ぶりを示す投句でした。なかでも注目を集めたのが、第二回大会当時一〇一歳だった田辺重子さんの投句でした。その一句は次の通り。

療園のまっかなバラの巨《おお》きかり

その後も田辺重子さんからの投句は毎年続きました。そして、一〇五歳の折には次の一句が投句されたのでした。

百 五 歳 神 に 賜《たまわ》 る 聖 五 月

一〇一歳で公募大会に投句しようという積極性もすごいし、一〇五歳になっても投句を続けようという意欲もまたすごい。きっと俳句を作り続けるということが田辺さんの「生きがい」、元気の素《もと》なのだろうと思います。

その俳句作りの根源は〝発見〟。老人施設の中で咲き誇る真っ赤な大輪のバラや、「聖五月」という現代的な季語の〝発見〟を「脳活」につなげて、いきいきとした柔軟な精神で詠み続けられています。見事な超高齢者の日々と言っていいでしょう。

ちなみに、俳人と呼ばれる人々が所属する主要三団体、現代俳句協会・俳人協会・日本伝統俳句協会では、三団体とも会員の平均年齢が七十六歳から七十七歳。平均でそういう年齢になるのですから、八十代・九十代の現役俳人も相当数いらっしゃるということです。

現代俳句協会名誉会長の金子兜太さんは現在九十五歳、二〇一四年に俳句界の最高の賞ともいわれる「蛇笏《だこつ》賞」を受賞した俳人協会名誉会員の深見けん二さんは九十三歳。お二人とも意欲的に新作の発表を続けながら、今もしっかりと俳句界を牽引《けんいん》されています。

こういうデータを見ると、六十歳から始めるのは遅いんじゃないかな、などと俳句作りを渋っているのが滑稽《こっけい》に思えてくるのではないでしょうか。俳句の世界では五十で新人、六十で若手。お楽しみはこれからだ、というわけです。

これからも日本の高齢社会は続き、ますます成熟していくことと思われます。しかし、寿命が延びるのはうれしいけれど、ただその時間をぼんやり過ごすというのではつまらない。やはり、日々の暮らしに張りを感じながら、生きる喜びを持って元気に生活していきたいものです。

そういう意味では、七十代以上の高齢者が現役感覚でバリバリ活躍し、四十代、五十代はまだまだ初心の若手という感覚が普通の俳句の世界は、日本の社会のこれからの姿を先取りしていると言ってもいいでしょう。

俳句に細かいルールはない

日本人ならば、あるいはこの四季の巡りの鮮やかな島国の住人ならば、季語を使っての五七五の定型の詩、つまり「俳句」などは誰でもできるんだよ、などと言われます。

それはそうかもしれません。そうかもしれないけれど、です。だからといって、すぐに口から一句飛び出すというわけにはいきません。俳句は手品ではありません。ベテラン俳人でもそう簡単にはいかないのですから、初心者ならなおさらで、「はい、そこで一句お願いします」などと誘っても五秒、十秒の間に一句出来上がることなどあり得ません。

やはり、約束事をきちんと頭に入れた上での的確なトレーニングが必要ですし、それが上達の近道。何事も最初の一歩、基礎が肝心だということです。そういう意味では、将棋で飛車や角、金や銀の駒の動かし方を覚え、戦い方の定石を覚えていくのと似ているのかもしれません。

こう言うと、俳句のような芸術的、あるいは文学的表現に約束事や定石、ルールのようなものが存在するのはおかしい、という人も中にはいます。

たしかに芸術や文学にルールはありませんし、同様に俳句にもルールはありません。ただ、ルールではないけれど、長年の表現活動の積み重ねの中で、やっぱりそういうことをすると多くの場合、うまくいかないよね、うまくいくためにはこうした方がいいよね、という経験則が導き出されています。そしてそれが集約されて、一種の約束事のようなものが存在するようになったのです。

しかも、俳句はきわめて使うことばの数が少ない言語表現ですから、約束事も非常にシンプルかつシビアなものになります。

ですから、その約束事にのっとって、たとえば俳句経験者が初心者にものを言うとき、聞く方には「ルールのように聞こえる」こともあると思います。でもそれは、ルールだからこうしろ、絶対の約束事だからこうしちゃいけないぞと言っているのではなく、これまでの多くの人の経験から、こうした方がいい俳句ができるよ、という親切なアドバイス、あるいは上達のための指針を教えてくれているのです。ちょっとカチンとくるような物言いをする俳句の先輩がいても、ああ、アドバイスをしてくれているんだ、というふうに理解してください。

俳句にルールはない、こうやってはいけないという特別なことはほとんどありません。

けれども、こうやったら読み手の共感は得られないだろうし、人に感動を与えるような表現も生まれないだろう、作品としてのレベルも上がらないだろう、そういう幾つかの「約束事」はあります。そのことを、しっかりと頭に入れておいてほしいと思います。

「一句の中に季語は一つ」が基本

俳句を作る時の「約束事」について、これまで述べてきたことを簡単に振り返っておきましょう。

まず、ここまで俳句を成り立たせている基礎中の基礎であり、二大要素であるところの「五七五」の定型と、春夏秋冬の四季と新年という五つの季節感によって分類された「季語」について、その考え方、捉え方を中心に紹介してきました。

五七五、十七音の定型で俳句を作る。そのときに、十七音の中に季語という「季節のことば」を入れる。この二つが俳句作りの最も基本的な約束だということです。

そして、そのことを理解した上で、次にもう一つ大きな約束事を身につけるとすれば、それは「一つの俳句に入れる季語は一つ」ということになるでしょう。この「季語は一つ」という約束事は、初心者にはぜひきちんと覚えておいてほしいと思います。

俳句はきわめて短い表現であるだけに、あれこれと説明することが出来ません。ですからかなりの部分、読み手に解釈をゆだねなければならない、という宿命ともいえる構造をもっています。そうしたときに、作者の気持ちの焦点が絞りきれていなければ、表現に曖《あい》昧《まい》さが残ってしまい、結局、読み手がどう読み取ればいいのかわからなくなってしまう、ということになります。

ですから、表現はできるだけシンプルに絞り込む。余計なことを言わずに、きちんとまとめる。これが肝心です。季語という「俳句のいのち」とも位置づけられる重要な要素であれば、なおさら一つに絞り込む、ということになりますね。

「一つの俳句に季語は一つ」。これが俳句の基本中の基本、大事な約束事になります。この約束事の中で楽しむというのが俳句の世界ですし、約束事があるからこそ、大勢の仲間と一緒に分かり合える、楽しめるということになります。

「季重なり」を避けよう

「一つの俳句に季語は一つ」という話を続けます。一つでなければならない、というより、なぜ一つの方がいいか、ということの具体例です。約束事には「こうした方がいい」ということとともに、「こうしない方がいい」という約束事もあるということでもあります。

たとえば、次のような一句。

梅雨長し紫陽花《あじさい》今日も鮮やかに

おわかりのように、この句の中には「梅雨」と「紫陽花」という「季語」が二つ入っています。これでも、言いたいことは何となくわかります。でも、作者が本当に伝えたかったこと、「思い」の中心はどこにあるのか。「梅雨の長さ」のうんざりした感じなのか、「紫陽花の花」の風情なのか。あるいは……。

「このこと」を俳句で詠みたい。言いたいのは「このこと」である。その「このこと」が作者の中で絞りきれていなければ、こうしたどっちつかずの表現になってしまいます。そして当然、それは読み手にも迷いを生じさせて、「ワケのわからない句」ということにされてしまいます。この句などはそうなっても仕方がない、やってはいけない作り方だということです。

こういった「一つの俳句の中に季語が複数入っている」状態のことを「季重なり」と言います。この「季重なり」は、俳句の作り方としてやらない方がいい、避けた方がいいという約束事の筆頭としてよく挙げられます。なかには二つどころか三つ入っている句もたまに見かけますし、同じ季節の季語が複数というだけでなく、春と夏というように季節の違う季語が複数入っている句に出合うこともあります。

こうなると、句の中心がどうだ、「俳句のいのち」がどうだという前に、散漫になっていますね、約束事に従ってよく整理してください、と言うほかはありません。

ただし、約束事には例外もあります。たとえば、芭蕉と同時代の高名な俳人の、多くの日本人に知られているこの一句などはどうでしょうか。

目には青葉山ほととぎす初鰹《はつがつお》　　山口素堂

「青葉」も「ほととぎす」も「初鰹」も、すべて夏の代表的な季語。ここまで「どうだ！」とやられると、参りましたというほかはなく、圧倒的な大衆的支持もあって、一種の歴史的名句として位置づけられるようになりました。なにしろ、とんとんと言いたい名詞を並べ立てる運びがうまい。調子がいい。受けるわけです。

また、名句といわれる句の中には、季語が二つ入っているものも散見されます。でも、そうした句では、使われている季語の間で「重み」の軽重とか主と従の関係がはっきりしていることがほとんどで、結果「句の中心は動かない」という評価を得ているケースが多いようです。

たとえば、水原秋櫻子《しゅうおうし》の代表句の一つに次の句があります。

啄木鳥《きつつき》や落葉をいそぐ牧の木々　　水原秋櫻子

「啄木鳥」は秋の季語、「落葉」は冬の季語。一見ばらばらのようですが、句意をよく読み取るとこれは秋の風景ですから、啄木鳥が主の季語で、落葉はそれを補強する言葉として登場していることがわかります。

あるいは、杉田久女《ひさじょ》の次の一句。

紫陽花に秋冷いたる信濃かな　杉田久女

夏の季語「紫陽花」に「秋冷」とはこれいかにですが、下五の「信濃」を読み取れば、これは地域性が主題となっていることがわかりますので、ここでは「秋冷」が主季語なのだというふうに解釈できます。

また、先の山口素堂の句も、当時は「青葉」は無季とされていたそうですから、それならば季語が三つも！　ではなくて、「ほととぎす」と「初鰹」の二つの季語を入れた俳句ということになります。そして、構成から見れば下五に置いた「初鰹」が主季語、一句の中心であり、「ほととぎす」はあくまで従、ということで何も問題なし。こういうふうに解釈することもできるわけです。

ただ、ここで「季重なり」の例外として挙げた句は、すべて名作とされるものばかり。

初心者の俳句作りの基本としては「一つの句に季語は一つ」を心がけ、読み手の気になるような「季重なりは避ける」ということをしっかりと覚えておけば十分だと思います。

自分で勝手に「季語」を作るわけにはいかない

一つの俳句のために、ぴったりの季語を探し、それでなくてはならない季語を「一つ」選ぶ。その「季節のことば」によって、自分の気持ちと読み手の気持ちが通い始める、そうした決定的な一つの季語を見つけて使いましょう。

歳時記は日本人の季節感の「索引」としての機能を果たすものとなってきました。ですから、実際に俳句を作っていこうという段階になると、歳時記の分類に従って「季語」を求めていくことになります。

ということは、基本的に自分オリジナルの「季語」になることばを作り出すというわけにはいかない、自分で「これが私の季語ですから」と言って勝手に俳句に入れる「季節のことば」を決めるわけにはいかない、ということを意味しています。
たとえば、次のような俳句を作ったとします。

青い海ぶっきらぼうな友がいて

そして、作者が自信満々に「これはこの夏に海に行ったときに作った一句で、すごく思い出深いものがあります。この俳句では、私は季語を〝青い海〟にしました」と言ったとしましょう。それを聞いた俳句の先輩たちは、多分〝ええ?〟という顔をすると思います。

そうです。俳句では「私の季語」は基本的にあり得ません。「私はこのことばを季語にします」は通用しないのです。なぜならば、個人的な季節感は共通のキイワードとして機能しないからです。

ここが自由詩と俳句の違うところで、後生大事に個人的感覚にこだわって、「私はこう思う、私の感覚ではこうだから」というよりも、俳句はまず共通項としての季節感と自分の感覚をすり合わせてみるということの方を優先します。

歳時記や「季寄せ」といった季語集に載っている季語というものは、多くの人々に共通のイメージや感慨を導き出すことば、キイワードとして、これまでの歴史の中で磨かれ、選び抜かれてきた、みんなの「季節のことば」です。

ですから実際に俳句を作るときには、そうした季語の中からその句にふさわしいものを一つ選び出す、という作業をすることになります。つまり、そうした「季節のことば」に自分の季節感をゆだねる、託すことになるわけです。

この行為は、実は創作活動や表現行為と同じような知的作業だと位置づけることができると思います。あるいは、これまで説明してきた日本の伝統的な季節感と一体化する作業、と言ってもいいかもしれません。また、そうした感覚を確認することで、逆に現代的なセンスを素直に取り込んでいくことが出来るとも言えるでしょう。

紅葉で神が染めたる天地かな
冬の薔薇《ばら》立ち向かうこと恐れずに

たとえば、この二句は『ランドセル俳人の五・七・五　いじめられ行きたし行けぬ春の雨——11歳、不登校少年。生きる希望は俳句を詠むこと。』（ブックマン社）で注目を浴びた小学生・小林凛《りん》君の作品ですが、それぞれの季語に新しい感覚を持ち込んでくれています。

一句の中に入れる季語は、一つ。その季語は、歳時記や「季寄せ」の中から自分の感覚で探す、追求する。そうして決まった「一つの季語」を一句の中に入れる。このことも、俳句の大きな約束事だということを覚えておいてほしいと思います

春夏秋冬の語を付ければ季語になる？

俳句では自分で季語を作るということはしない。「私の季語」はあり得ない。これが俳句作りの約束なのですが、では具体的にどういうことばが「季語」になっているのかといえば、これが拍子抜けするくらいに「普通のことば」「日常のことば」が多く入っているのです。

その例として、最初に四季を指すことば、春なら「春」、夏なら「夏」という語、およ

び「春の山」のように季節の語が付いたことばの幾つかを季節ごとに挙げておきましょう。なんだ、そういうのが季語なのか、と思うかもしれませんが、そういうシンプルな季語をしっかり使っていくのが、俳句の第一歩だと心得ておいてください。

●春、立春、春の日、春の昼、春の暮、春の夜、春の月、春の光、春の風、春の雨、春の山、春の海、春の空、春の野、などなど

このパターンは夏、秋、冬でも同じで、夏の日とか秋の空、冬の海といった形の「季語」バリエーションとなります。こういった語句が「季語」と知れば、いくらでも俳句ができそうな気がしてくるのではないかなと思います。

というところで、そういったシンプルパターンの季語の名句もいくつか紹介しておくことにしましょう。

春の山たたいてここへ座れよと　石田郷子《きょうこ》

絶えず人いこふ夏野の石一つ　正岡子規

百方に借あるごとし秋の暮　石塚友二

冬の夜や海ねむらねば眠られず　鈴木真砂女《まさじょ》

次に、同じく春とか冬といった季節を示す語が付いていながら、その季節独特のニュアンスがある「季語」をいくつか挙げておきましょう。

●春のかたみ、春泥《しゅんでい》、春愁《しゅんしゅう》、春眠、春隣《はるとなり》（冬の季語）、小春（冬の季語）

●夏帽子、夏料理、夏衣《なつごろも》、夏痩《なつやせ》

●秋高し、秋晴、秋の声、秋の燈《ひ》、秋思《しゅうし》

●冬帽子、冬籠《ふゆごもり》、冬構《ふゆがまえ》、冬眠、冬鷗《ふゆかもめ》、冬芽、冬隣《ふゆどなり》（秋の季語）、などなど

こういった〝ニュアンスたっぷり〟の語句で、その季節の独自感が表現されていることがわかってくると、次第に俳句の歳時記が取り上げる「季語」の特徴がつかめてくるのではないかと思います。

このパターンの季語を使った名句も、いくつか紹介しておきましょう。

春愁の身にまとふものやはらかし　桂　信子
美しき緑走れり夏料理　星野立子
わが夏帽どこまで転べども故郷　寺山修司
秋高し空より青き南部富士　山口青邨《せいそん》
人間の海鼠《なまこ》となりて冬籠る　寺田寅彦

季語のほとんどは生活の中のことば

そのほかにも普段、日常的に季節を表すことばとして使っているものは、ほとんどすべて「季語」として通用するものだと言っていいでしょう。

それは、前項で紹介した春とか夏という直接季節を表すことばのほかに、季節の花や果物、暑い寒いといった気候、台風や氷、雪といった自然現象などをすべて含みます。あるいは、アイスクリームや熱燗《あつかん》といった季節を感じさせる食べ物、ひな祭り、七夕といった年中行事、盆踊り、酉《とり》の市、餅つきといった習俗などもすべて季語になります。

次に春夏秋冬の代表的な季語とそれを使った名句のいくつかを挙げておきますが、それを見ると、何だ、季語ってそういうものだったのか、と納得できるのではないかと思います。

●「春」

麗《うらら》か、東風《こち》、霞《かすみ》、野遊び、耕《たがやし》、卒業、種まき、茶摘み、草餅、雛祭《ひなまつり》、お水取り、蛙、鶯《うぐいす》、雲雀《ひばり》、燕《つばめ》、蛤《はまぐり》、浅蜊《あさり》、蜆《しじみ》、海苔《のり》、蝶《ちょう》、椿、梅、菜の花、すみれ、蒲公英《たんぽぽ》、土筆《つくし》、木の芽、チューリップ、シクラメン、つつじ、花水木《はなみずき》、しゃぼん玉、などなど

卒業の兄と来てゐる堤かな　芝 不器男《ふきお》
つばめつばめ泥が好きなる燕かな　細見綾子
天よりもかがやくものは蝶の翅《はね》　山口誓子
菫《すみれ》ほどな小さき人に生まれたし　夏目漱石
流れつつ色を変へけり石鹸玉《しゃぼんだま》　松本たかし

●「夏」

短夜《みじかよ》、暑し、涼し、南風、梅雨、夕立、青田、滝、田植え、泳ぎ、プール、花火、梅干し、ビール、アイスクリーム、ソーダ水、新茶、風鈴、蛍、祭、鮎《あゆ》、蝸牛《かたつむり》、蟬《せみ》、蠅《はえ》、蚊、蟻《あり》、紫陽花、牡丹《ぼたん》、百合、向日葵《ひまわり》、蓮《はす》、茄子《なす》、瓜《うり》、若葉、万緑《ばんりょく》、熱帯夜、浴衣、昼寝、炎天、冷奴、香水、噴水、蛇、目高《めだか》、鮎《あゆ》、金魚、などなど

星一つ残して落る花火かな　酒井抱一《ほういつ》

愛されずして沖遠く泳ぐなり　藤田湘子《しょうし》

滝の上に水現れて落ちにけり　後藤夜半

大の字に寝て涼しさよ淋しさよ　小林一茶

ゆるやかに着てひとと逢ふ蛍の夜　桂　信子

●「秋」

残暑、新涼、夜長、鰯雲《いわしぐも》、稲妻、霧、肌寒、夜寒、露、稲刈、新米、新酒、枝豆、新蕎《しんそ》麦《ば》、とろろ汁、七夕、紅葉、鹿、雁《かり・がん》、秋刀魚《さんま》、鰯《いわし》、菊、薄《すすき》、曼珠沙華《まんじゅしゃげ》、葡萄《ぶどう》、柿、栗、

林檎《りんご》、蜻蛉《とんぼ》、里芋、芋、豊年、渡り鳥、小鳥、鈴虫、松虫、コスモス、鬼灯《ほおずき》、盆、踊り、秋彼岸、運動会、流れ星、天の川、終戦記念日、文化の日、などなど

荒海や佐渡に横たふ天の川　松尾芭蕉
いなづまやきのふは東けふは西　榎本其角《きかく》
七夕竹《たなばただけ》惜命《しゃくみょう》の文字隠れなし　石田波郷
鰯雲人に告ぐべきことならず　加藤楸邨《しゅうそん》
遺されし母も逝きけり終戦日　古賀まり子
振れば鳴る紙の旗かな運動会　野村喜舟

●「冬」

師走、歳末、短日、北風、木枯、時雨《しぐれ》、霰《あられ》、風花《かざはな》、雪、氷、風邪、セーター、蒲団《ふとん》、湯豆腐、七五三、西の市、クリスマス、兎、鴨《かも》、鷹《たか》、鶴、河豚《ふぐ》、牡蠣《かき》、鰤《ぶり》、大根、葱《ねぎ》、落葉、枯野、探梅《たんばい》、水仙、毛皮、マスク、マフラー、手袋、焼き芋、おでん、すき焼き、柚子湯《ゆずゆ》、白鳥、梟《ふくろう》、熊、狐《きつね》、鯨、などなど

木がらしや目刺にのこる海のいろ　芥川龍之介

鉄鉢の中へも霰　種田山頭《さんとう》火《か》

風邪気味といふ曖昧の中におり　能《の》村《むら》登《と》四郎《しろう》

セーターの男タラップ駈《か》け下《お》り来《く》　深見けん二

探梅や枝のさきなる梅の花　高野素《す》十《じゅう》

「命をつくる食」の季語と名句

ここまで、季語はそれぞれの季節の自然と暮らしの中にある、という話の大枠を綴ってきました。そこからは、俳句は「生命」への慈しみを詠むもの、という側面がくっきりと浮び上がってくるように思えます。

生き物、とりわけ人間の命の源は、言うまでもなく「食べ物」です。食べ物を食べなければ、人間は生きていけません。そして、ただ命を長らえるだけでなく、「健康で元気に生きていく」ためにはこれまた当たり前の話ですが、いろいろな食物をよく食べることが最上の方法ということになるでしょう。

そういう意味では、人間の暮らしの基本を「衣食住」とよく言いますが、本当の暮らしの基本は「食」になるのだろうと思います。つまり、「食」こそ人間の文化の根本だということです。

日本人の文化の基層は稲作文化といわれますが、それこそ文化のベースが「食」にあることを言い表している話です。言い換えれば、米食文化。土を起こし、田を作って水田とし、稲の苗を植える。春、夏、秋と季節を追い、丹精を込めて育て、収穫に至る。そうした暮らしをこの島国の人々は営々と続けてきました。

季節の巡りとともにある環境の変化に気を配って暮らしていく。その繊細な感覚が「旬の味」を尊ぶことにつながり、各地に滋味豊かな郷土料理を生み、世界に誇る日本料理を育んできたのだと思います。

そうした文化を愛《め》でる暮らしぶりの中で、季節の変化、旬の大切さに最も敏感だったのが「俳人」と呼ばれる人たちです。魚や果実のような自然の中にある食材のおいしさから豆腐のような加工品の美味まで、あるいは炊きたてのご飯を食べる幸福感から「薬喰《くすりぐ》い」

と称する秘密の獣肉食まで、俳人たちはそれらの事柄を「季語」とし、数多くの「食の名句」＝「命の名句」を残してくれました。

読めば食欲が湧いてくる、口に出して詠めば気持ちが元気になる……。それらの名句は、期せずして「食は命をつくる」というテーマの絶好のアピールとなっています。

食の不安が語られる現代、私たちは歳時記に残る「食の名句」を学びながら、これからの自らの食生活の中から生まれるであろう「自分自身の食の名句」に期待を寄せて、出来る限り元気でいきいきとした暮らしを長く続けられるようにしていきたいものです。

ちなみに、歳時記「新年」の項目には次のような「食の名句」が残されていますので、ぜひ食にまつわる句、健康いきいき俳句の作句の参考にしていただきたいと思います。

●「新年」

大勢の子を育て来し雑煮かな　　高浜虚子

健康長寿の祈りにめでたさを加えて、故郷の名産、滋味、美味を雑煮の一椀に。「ふるさとの雑煮」は一生忘れられない〝ソウルフード〟です。

鏡餅暗きところに割れて坐す　西東《さいとう》三鬼《さんき》

丸餅は心臓を形どったものともいわれ、新年にこれを食べることで「生命力」を授かろうとしたものとか。重ねて床の間に飾り、十一日に槌《つち》で割って「鏡開き」をします。

網捌《さば》く伊勢海老に手を触れしめず　右城《うしろ》暮石《ぼせき》

腰の曲がった姿は長命長寿の象徴、真っ赤な色もめでたい伊勢海老は、鏡餅、蓬萊《ほうらい》飾り、注連《しめ》飾りなどに添えるものとして、新年の季語となっています。長いヒゲが折れたら価値が半減するとあって、網から外す漁師の扱い方もおのずと慎重になります。

つつましく箸《はし》置く七草粥の朝　及川貞《てい》

正月七日に、芹《せり》、薺《なずな》などの春の七草を入れて炊いた「七草粥」を食べて無病息災を祈ります。正月料理で疲れた胃腸を癒すためともいわれています。

更《ふ》けて焼く餅の匂《におい》や松の内　日野草城
夜をこめて大根を煮る小正月　細見綾子

「松の内」は正月の松飾りのある間のことで、昔は元日から十五日まで、最近では七日までをそういうようです。「小正月」は旧暦の正月十五日、あるいは十四日から十六日までのこと。元日を「大正月」「男正月」というのに対しての「小正月」「女正月」。餅をついたり、団子を作って祝う習慣が残っています、暗いうちから大根を煮るというのも「女正月」のニュアンスでしょうか。

食べ物でも多彩な句ができる

「新年」の項目に引き続き、食材から料理、料理法、食に関する行事などを詠んだ「食の名句」を春夏秋冬、四季にわたって紹介しましょう。

●「春」

立春の米こぼれをり葛西橋《かさいばし》　石田波郷

この句は、終戦から間もない昭和二十一年（一九四六）の作。極端な食糧難の中、千葉からの買い出し荷物からこぼれたのか、大事な大事な米粒が白く光っています。立春の季語に希望が感じられる、まさに「食は命をつくる」をアピールする名句です。

ゆで玉子むけばかがやく花曇　中村汀女《ていじょ》

「花曇」は桜の花見の頃の曇り空。卵が貴重な食材であった時代がありました。曇りではあるけれど、全体を読めば明るい希望が湧いてくるような一句になっています。

草餅の濃きも淡きも母つくる　山口青邨

街の雨鶯《うぐいす》餅《もち》がもう出たか　富安風生

田楽《でんがく》に舌焼く宵のシュトラウス　石田波郷

さくら餅食ふやみやこのぬくき雨　飯田蛇笏
はらわたの些《いささ》か甘き目刺《めざし》かな　池上浩山人《こうさんじん》
飯蛸《いいだこ》の一かたまりや皿の藍《あい》　夏目漱石
とりどりの菜飯を散らし母老いぬ　石　寒太
独活《うど》食つて得し独活の句は忘《ぼう》じたり　安住　敦

独活を食べているときに独活の句が浮んだのだが、食べ終わって〝アアうまかった〟と思ったとたん忘れてしまった、と。よくある話ですが、旬の味を満喫できれば十分。まあいいかと、潔く忘れる、くよくよしない、引きずらないのも「脳活俳句」健康法のポイントです。

●「夏」
鯖《さば》の旬即《すなわ》ちこれを食ひにけり　高浜虚子

明治、大正、昭和の三代にわたって俳句界をけん引した巨星・虚子らしい、そのものずばりの詠みっぷり。焼いたか、味噌煮か、締めさばか、どのようにして食べたかはわかりませんが、「うまかった」という声が聞こえてきそう。この句は、産卵のために近海に来るのが初夏なので、俳句では鯖は夏の季語となっていることを踏まえての一句。

ビールほろ苦し女傑となりきれず　桂　信子

女性の時代とか何とか言われて、人にものを言う立場になっても、いわゆる「女傑」的なキャラクターにはなれないな、と。ちょっとほろ苦い感慨もまた人生の味。

そら豆はまことに青き味したり　細見綾子

ビールとくれば「そら豆」ですが、味だけでなく、あの瑞々《みずみず》しい豆の色も「青き」のリアリティなのでしょう。

わが死後へわが飲む梅酒遺《のこ》したし　石田波郷

穴子裂く大吟醸は冷やしあり　長谷川　櫂《かい》
半丁を余す暮らしの冷奴　中村久美子
蜜豆《みつまめ》をギリシャの神は知らざりき　橋本夢道

銀座の甘味処「月ヶ瀬」で蜜豆や餡蜜《あんみつ》を売り出したのは、この句を詠んだ夢道という自由律の俳人自身。中に入っている「寒天」が夏の季語で、したがって蜜豆も夏の季語、とはギリシャの神も知らなかったかな。

●「秋」

新米に其《その》一粒の光かな　高浜虚子
新米を食うて養ふ和魂かな　村上鬼城
新米のつぶつぶ青味わたりけり　福永耕二

炊きたての白いご飯のおいしさ。その輝きの美しさ。虚子は写生の妙をその一粒の光に見いだし、鬼城は食うことで自らの魂を鍛え、耕二は固まりとしてのご飯の色にセンスを問うたわけです。

枝豆や三寸飛んで口に入る　正岡子規
新蕎麦や古きのれんの深大寺《じんだいじ》　吉田勲司
火だるまの秋刀魚《さんま》を妻が食はせけり　秋元不死男《ふじお》
箸先にまろぶ子芋め好みけり　村山古郷《こきょう》
岸よりに落ちゆく鮎のあわれかな　三好達治

もちろん鮎そのものは夏の季語ですが、ここでは秋の季語「落鮎《おちあゆ》」を詠んで俳句らしい世界を醸し出しています。下り鮎、錆鮎《さびあゆ》ともいわれ、簗《やな》や投網で捕って焼いたり、甘露煮などで賞味されます。

●「冬」
湯豆腐やいのちのはてのうすあかり　久保田万太郎

食べ物をモチーフにした俳句での支持率の高さということでは、この句と正岡子規の「柿食へば鐘が鳴るなり法隆寺」が双璧ではないでしょうか。ただし、「大人の」という前提をつけた支持率であれば、多分この句がナンバーワンでしょう。食べ物と命の関連が詩的に昇華された名句です。

牡蠣《かき》食へり急ぐにあらずいそぎつつ　草間時彦
寒鰤《かんぶり》の神のごとくに売られけり　平井照敏《しょうびん》
鮟鱇《あんこう》の骨まで凍ててぶちきらる　加藤楸邨
けんちん汁母在りし日は貧しかりし　松嵜《まつざき》鉄之介
箱河豚《はこふぐ》の鰭《ひれ》は東西南北に　森田　峠
受験書を机上《きじょう》に正し晦日蕎麦《みそかそば》　田中敦子

そんな日もあって、そして今日までの幾星霜《いくせいそう》。俳句が傍らにあればこその「健康いきいき」人生となりましたね。

第十章

こういうことも覚えておくと上達が早いかも

「花」＝桜のような季語独特の約束

ここまで俳句のいくつかの約束事を中心に、基本的な季語とそれを使った名句を紹介しながら、作句の基礎についてあれこれと述べてきました。

つまり、「五七五」の定型の中に日本の季節感のキイワードである「季語」を一つ入れましょうということ。言葉を変えれば「有季定型」の俳句作りのすすめです。

俳句のいのち、俳句の中心といわれる「季語」については、旧暦、新暦、二十四節気などによる現代日本人の季節感の多様性についても触れてきました。そしてまた、ほとんどの季語が私たちの日常で使われている言葉なのだ、特別にむつかしいことではないのだ、ということも伝えてきたつもりです。

ただ、そうは言っても、物事には例外、特別枠というものが常に存在するように、俳句にも俳句ならではの約束事があります。ですから逆に言えば、その俳句独特の約束事を知れば、俳句作りの上達も早くなるということになるでしょう。この項では、そのことについて紹介していきたいと思います。

たとえば、春の代表的な季語の中に「桜」があります。春に桜なんて当たり前じゃないか、と言われそうですが、当たり前だからこそ「桜」と言わないで、「花」と言うのだ、とするのが俳句の世界。もちろん「桜」という言葉も「季語」ですが、俳句で「花」と言えば「桜」を指すというのが約束です。

万葉の頃は「花」と言えば梅だったようですが、平安以降、「花」＝桜となりました。それくらい、桜はすべての日本の花を代表する存在となっているわけです。

花の雲鐘は上野か浅草か　　松尾芭蕉

俳聖芭蕉の代表句の一つで、「花の雲」はまるで雲かと見まごうような満開の桜。爛漫《らんまん》の江戸の春。もう一つの芭蕉の代表句「さまざまのこと思ひ出す桜かな」と併せて味わってみてください。

咲き満ちてこぼる、花もなかりけり　　高浜虚子
チ、ポ、と鼓打たうよ花月夜　　松本たかし

花衣《はなごろも》ぬぐやまつはる紐《ひも》いろく　杉田久女《ひさじょ》

久女の代表句の一つ。花衣は、花見に行くときの着物のことですが、大正から昭和初期、女性の生き方に制約の多かった時代の一句と思えば、思いの深さがさらに伝わってきます。

花あれば西行の日とおもふべし　角川源義《げんよし》

西行のあの「願はくは花の下にて春死なむその如月《きさらぎ》の望月のころ」を踏まえての一句。花と言えば桜ですが、「花と言えば西行」「西行と言えば花」でもあります。芭蕉も西行を心の師としました。

「花」関連の季語では「花明り（満開の桜が明かりのようだ）」とか「花筏《はないかだ》（散った桜の花びらが固まって水上を流れる様子）」、「花曇」「花の雨」「花冷え」「花の客」など趣深いものが多くあります。もちろん、すべて春の季語になります。

単に「月」「名月」と言えば、秋の季語という定め

日本に花の数は多いけれど、単に「花」と言えば桜のことになり、よって春の季語になります。こうした日本の詩歌の伝統にのっとった独特の約束は、「花」だけに限りません。日本の美は「雪月花」に集約されるとよくいわれますし、俳句のルーツとも言える連歌では「花の定座《じょうざ》」「月の定座」を作ることが定めとなっています。その「月」は、実は秋の月なのです。なお定座とは、連歌・連句において決められた句の位置のことです。

春夏秋冬それぞれの季節の月に、それぞれの情趣、美しさはありますが、やはり空気が澄む秋の月に美しさ、風雅はきわまるとされてきました。ですから、他の季節の月を詠むときは、たとえば中村汀女《ていじょ》の「外《と》にも出よ触るるばかりに春の月」のように季節を明示してあります。

俳句で単に「月」と言えば秋の季語。これは日本の詩歌の伝統の中で定まってきたことであり、月に寄せた和歌の名作も数多く残されています。もちろん、近現代の俳人も多彩に、縦横無尽に「秋の月」の魅力を詠みました。

そして、「花」と同様「月」も、以下のような素敵な関連季語を生み出してくれました。「上弦」「下弦」「弓張月《ゆみはりづき》」「片割月《かたわれづき》」「弦月」「月の舟」「夕月」「夕月夜」「三日月」「月の出」「月光」「月夜」「月の兎」「月夜烏《つきよがらす》」「月白」「月の桂」「月宮殿」「月の鏡」などなど。

月更けて恋の部に入る踊《おどり》かな　内藤鳴雪《めいせつ》
読みさして月が出るなり須磨の巻　正岡子規
こんなよい月を一人で見て寝る　尾崎放哉《ほうさい》
月夜少女小公園の木の股に　西東三鬼《さいとうさんき》
一燈なく唐招提寺月明《げつめい》に　橋本多佳子
月の人のひとりとならむ車椅子　角川源義
遙かなる旅はるかにも月の船　角川春樹
かろき子は月にあづけむ肩車　石　寒太

「名月」に人を想い、健康を祈る

同じ「月」でも、「名月」といわれる月があります。俗に「月々に月見る月は多けれど月見る月はこの月の月」といわれる「八月十五日の月」、あの「十五夜の名月」です。いわずもがな、ではありますが陰暦です。

名月や池をめぐりて夜もすがら　松尾芭蕉
泣きぼくろ彼女もちけりけふの月　山口青邨《せいそん》
くろかみにさしそふ望《もち》のひかりかな　久保田万太郎

「名月」の下、芭蕉は何を想いながら一晩中、池の周りを巡ったのでしょうね。青邨は名月の光の中で彼女の泣きぼくろを発見し、万太郎はその光を受ける彼女の黒髪の美しさを愛《め》でたわけです。「望」は望月＝満月＝十五夜の月です。

こういうことですから、いくら「私は今月今夜のこの月が名月だと思うがなあ」と言っても、俳句では通用しません。名月といえば八月十五夜の満月なのです。

十五夜は古来、農事の大切な「目印」とされていて、「名月」は宗教的な祈りの対象でもありました。八月十五夜の名月は「芋名月」といわれますし、「後《のち》の月」と呼ばれる九月十三夜の月は「豆名月」とされたように、秋の実りとそれへの感謝を表す日でもありました。

その代表的な行事が「月見」。月を見るのはいつでもできるわけですが、特に陰暦八月十五夜の「名月」に季節の初物や団子を供えて、豊穣《ほうじょう》と健やかな日々の続くことを祈る「月見」の行事が広く定着したのでした。

「月見」に関連した季語にも、名句を誘ってくれる「名季語」がずらっと並んでいます。たとえば「月祭る」「月を待つ」「月の宴」「月の座」「月見酒」「月の宿」「月の友」「月の客」「月見茶屋」「月見舟」などなど。

やはらかく重ねて月見団子かな　山崎ひさを

万葉の月に集へば月の友　稲畑《いなはた》汀子《ていこ》

澄んだ夜空に浮かぶ満月、八月十五夜の名月に実りを感謝し、健康と平和を祈る。俳句を愛する、気の置けない友人と集い、おいしい料理とうまい酒を楽しむ。「やはらかく重ねて」という表現と「月の友」という季語がなんともうれしい、二つの名句ですね。

単に「虫」と言えば、秋の虫のこと

芋虫からトンボまで、虫にはいろいろありますが、俳句で単に「虫」と言えば、「秋に鳴く虫の総称」になります。ただし、蟬は除かれます。

茨野《いばらの》や夜はうつくしき虫の声　　与謝蕪村《よさぶそん》

このように秋に鳴く虫の総称と言いながら、それは秋の草むらに鳴く虫のことという約束になっています。そしてご存知の通り、鳴くのは雄のみなのです。

虫の鳴く声を「虫の音」「虫の声」と言いますが、虫によってそれぞれに趣が違い、さらに時間、場所、一匹で鳴いているのか、群れて鳴いているのかなどによっても風情が異なります。総じて、そこに秋の侘《わび》しさ、「もののあわれ」を受け止めようとする日本独特の美学ということになるでしょうか。

「虫時雨」は、あちこちから競うように聞こえてくる虫の鳴き声を時雨に例えたもので、この季語も秋の情趣を深めてくれます。また、「残る虫」「すがれ虫」は、盛りの過ぎた、衰えた感じで鳴いている虫のことで、そうした衰えていくものに心を寄せるのも、日本人独特の感受性と言えるでしょう。

ほかにも、「虫すだく（虫が集まってにぎやかに鳴く）」「虫籠」「虫売」「虫合《むしあわせ》（虫を持ち寄って、鳴く声や姿を競う遊戯）」「虫聞《むしきき》」「虫狩《むしがり》」「虫の闇」など、俳句ならではの趣を感じさせてくれる季語が並んでいます。

同じく総称ということでいえば、単に「蝶」とすれば春の季語。そのほかの季節では「梅雨の蝶」とか「秋の蝶」というように季節を明示します。また、春の季語としての「蝶」は紋白蝶とか黄蝶のような小型の蝶を連想させるもので、揚羽蝶などの大型のものは種類を明確にして、それが夏の季語であることを示します。

同じようなことで、「鳥帰る」「鳥渡る」「小鳥来る」といった季語があります。「鳥帰る」は単に鳥がどこかに帰っていくのではなくて、秋冬に日本列島に飛来して越冬していた雁《がん・かり》、鴨《かも》、白鳥、鶴などが春になって北方の繁殖地に帰っていくこと。「鳥渡る」は秋に日本に渡ってくる鳥のことをいう季語で、帰っていく渡り鳥のことは「鳥帰る」になります。「小鳥来る」も単に小鳥がどこかからやってくるのではなく、雁、鴨や鶫《つぐみ》、鶸《ひわ》などの小鳥類を渡り鳥として秋の季語にしているのです。

こうした一般的なことばのように受け止めがちな「花」「月」「虫」「蝶」「鳥」といった名詞も、俳句の約束の中では特別な意味を持つということをしっかりと覚えておくと、俳句のモチーフの幅がぐっと広がることになると思います。

また「○○と言えば春」「××と言えば夏」というように、普通に考えるとなぜその季節に特定されるのかわからないような季語がたくさんあります。たとえば「遍路」は春、「金魚」は夏といったようなことですが、歳時記を読むとなぜそうなったのかが書かれており、〝ふーん、そうなんだ〟と思うことが多々あると思います。そして、そういったことが「脳活俳句」につながりますから、ぜひ楽しみながら歳時記を繰ってみてください。

「秋」と言っても秋ではない、「春」と言っても春ではない

季語の説明の中で、「春の風」とか「夏の山」「秋の空」「冬の川」といった形で季節が示されていたり、「桜（花）の下」とか「紅葉の道」といった表現で季節が明確にされていることが多いので、季語についてあまり神経質になることはない、としてきました。あるいは「アイスクリーム（氷菓）」とか「新米」「焼芋」などの季語も、これで季節がわからないという人はいないだろう、と述べてきました。

つまり、ほとんどの季語は、私たちの日常使っている言葉の延長線上にあるということ。ただ、季節区分が微妙な部分もあるので、歳時記で確認してから使ってね。こういうことを説明してきたわけです。

でも、そうして歳時記を繰っているうちに、多分「あれ、これはどういう意味だろう？どうしてこれがこの季節の季語なんだろう？」と疑問に思う語句に出合うようになるだろうと思います。そう思ったときは、あなたが俳句作りの段階の中でワンステップ上がろうとしているのだということなのです。

たとえば、「麦秋」「麦の秋」。これは「麦の収穫時期」のことで初夏。したがって夏の季語となります。同じような言い方で「竹の秋」というのもありますが、これは陰暦三月頃の「竹の落葉期」のことで、したがって春の季語となります。

また、「小春」「小春日」という、ちょっと可愛らしいニュアンスの季語もありますが、これは「ぽかぽかと暖かで春のような感じの、初冬の天気」のことですから、冬の季語になります。決して春の季語ではありませんから、気をつけてください。

このように秋とか春といった季節のことばが付いているけれど、実は違う季節の季語なのだという語句がいくつかありますが、これはもう「覚えるしかない」というのが結論です。「小春」「小春日」などは、覚えてみるとすぐに使いたくなる季語の一つではないでしょうか。

「春隣《はるとなり》」「冬隣《ふゆどなり》」という季語もよく使われていますが、春と冬に同じ「隣」という名詞を付けたものでありながら、「隣」の持ち味は逆になっていると言えるでしょう。つまり、「春隣」は「晩冬」の季語で、春の近いことを喜ぶ、そうした待ち遠しい感じを言います。一方、「冬隣」は冬の訪れを喜ぶ、待ち遠しいというよりも、「冬近し」に気を引き締めるという感じがあります。同じ「隣」でも、ニュアンスは真逆なわけです。

逆に、同じことばの下に付く表現の違いによって季節の違いを表す、という季語の展開もあります。たとえば、「山笑う（春）」「山滴《したた》る（夏）」「山粧《けは》う（秋）」「山眠る（冬）」という山の季節感を表現する季語。もともとは中国の詩句からのことばで、山という同じ名詞に「笑う」「滴る」「粧う」「眠る」という異なる動詞を付けたわけですが、解説するまでもなくそれぞれの季節感が見事に表現されていると思います。

覚えておきたい「独特の季語」

俳句独特の季語というものもあります。たとえば、夏の入道雲・積乱雲のことを「雲の峰」という季語を使って表現しますが、これなどはあのモクモクと盛り上がった入道雲の感じをよく表した夏の季語だと思います。

雲の峰幾つ崩れて月の山　　松尾芭蕉

これは芭蕉が「おくのほそ道」の月山《がっさん》で詠んだ名句ですが、見事に名山の夏の風景を捉えた一句と言えるでしょう。そして実際の効果としては、「感じ」だけでなく、字数を整えるということもあります。つまり「入道雲」というより「雲の峰」としたほうが五音ですっきりするというわけです。

台風のことは「野分《のわき》」と言います。野の草を分けて吹く風。二百十日、二百二十日前後に吹く暴風、つまり台風ですね。吹き荒れるだけでなく、秋の季節が動いていく感じがあって、俳人に好まれる秋の季語となっています。

鳥羽殿へ五六騎いそぐ野分かな　　与謝蕪村

歴史的イメージを背景とした蕪村の名句ですが、野分の醸し出すドラマチックなニュアンスを巧みに生かしきった一句と言えるでしょう。

「花野」という秋の季語があります。花いっぱいの野原というイメージから春の季語と勘違いする人がいますが、これは秋の花が咲き満ちた野のこと。これが「お花畑」となると夏の季語になりますから、面白いと言えば面白いと言えるでしょう。ともあれ、その

「感じ」の違いをしっかりと受け止めたいものです。

同じようなことなのに、季節が特定されるというものに「墓参《ぼさん》」があります。私たちは春と秋のお彼岸に墓参りをしますが、俳句では「墓参り」「墓洗う」は秋の季語とされています。

また、「猫の恋」のように、ちょっとひねった言い回しで季語としているものも、俳句にはよくあります。「猫の恋」はもちろん春の季語。あのうるさい鳴き声も、こう言われるとちょっとした風情になりますから不思議ですね。「薄暑」という季語も、うっすらと汗ばむくらいの暑さを実にうまく捉えた「季節のことば」だと感心してしまいます。

このように独特の言い回し、ちょっとひねった表現の季語に出合うと、さらに俳句の世界の奥深さ、幅の広さを実感できるのではないでしょうか。

たとえば、秋の代表的な季語の一つである「露」にしても、それに関連した多彩な季語ワールドが広がっています。「白露」「朝露」「夕露」「夜露」「露の玉」「露の秋」「露けし(露にぬれてしっとりしている)」「露時雨」「露の宿」などなど。「露」しか知らなかったときと、このような季語のバリエーションを知った後では、どれほど表現力が上がるか。答えは言うまでもないことですが、義務感やら勉強やらで歳時記を読むのではなく、楽しみで読むという感覚を日常のものにしていただきたいと思います。

ここまで、長い歴史の中で磨かれ、愛されてきた季語の世界の面白さを紹介し、それを覚えていくことが俳句上達の道だと述べてきました。こう言うと、歳時記に残されている季語だけが季語のように思われるかもしれませんが、実は新しく生まれる季語もあります。

たとえば、多くの人に知られている中村草田男《くさたお》の次の一句は、昭和の戦前に生まれた新しい季語が使われています。


万緑の中や吾子《あこ》の歯生え初《そ》むる　　中村草田男

今、誰もが使う「万緑」ということばはもともと漢語の中の語句なのですが、この一句によって季語として定まりました。誰かが季語と認定するというようなことではありません。なるほど、一つの季節感とそれが持つ様々なニュアンスを表した言葉だなあ、と多くの人が支持すれば、おのずと季語として定着するものです。

同じように、「寒雷」という語も加藤楸邨《しゅうそん》の次の一句で際立つ季語となりました。

寒雷やびりりびりりと真夜《まよ》の玻璃《はり》　　　加藤楸邨

玻璃はガラスのこと。冬の夜中の雷がガラス戸をビリビリと震えさせている、というリアリティあふれる名句が、冬の季語「寒雷」を定着させたのです。あの俳聖芭蕉も、新しい季語を生み出すのはいいことだと言っています。あなたの一句から、新しい季語が生まれるかもしれませんよ。

字余り、字足らずの「破調」

ここまでは、俳句のいのちである「季語」の奥深さ、幅広さに触れながら、初歩から一歩出るためのいくつかの手がかりについて述べてきました。

さてここからは、そうした季語を生かした多彩な表現を支える「五七五」の定型のバリエーションについても触れておきたいと思います。つまり、俳句の形は「五七五」の定型以外にもあるよ、ということです。

それは「字余り」といわれる六七五とか五七六といった形が一つ。もう一つは「字足らず」といわれる五六五とか四七五といった形のものです。字余りも字足らずも、基本的に「五七五」の定型からはみ出しているという意味で、「定型」に対して「破調」と呼ばれます。

俳句の表現にとって五七五の定型が「土俵」だとすれば、こうした「破調」の「字余り」「字足らず」の形は、いわば「徳俵」と言えるかもしれません。そこまでは「土俵」として了解しようというものです。

たとえば、次のような「破調」の句があります。前の三句が「字余り」、最後の一句が「字足らず」です。

生きて仰ぐ空の高さよ赤蜻蛉《あかとんぼ》　夏目漱石
生きるの大好き冬のはじめが春に似て　池田澄子
金魚玉とり落しなば舗道の花　波多野爽波《そうは》
兎《うさぎ》も片耳垂るる大暑かな　芥川龍之介

漱石の句は六七五、池田澄子の句は八七五の形で、上五定型からの字余り。波多野爽波の句は五七六になっていて、下五定型からの字余り。芥川の兎の句は四七五の形で、上五定型からの字足らず。いずれも「破調」ですが、五七五の定型にまとめるよりは、こうした字数で詠む方が、より自分のモチーフ、テーマの表現が実現できるという確信を持っているのでしょう。

ですから、逆にそうした確信がない場合は、いたずらに字余り、字足らずの句を作って「定型」の持つパワーや美しさ、リズムの良さを否定することになりがちで、ちょっとそれは考えものだということになります。

まず定型で作ることを検討する。その上で「破調」ではあるがこれしかないということであれば「字余り、字足らず」もありうるかな、ということですね。

もちろん、名句といわれるものの中には「破調」も数々ありますが、そうした句は「字足らず」よりも「字余り」の方が圧倒的に多いということも、データとして付け加えておきましょう。

「句またがり」という「変形」

また、破調ではありませんが、五七五のリズムにきちんと乗ってはいない、という句もあります。たとえば次のような一句。

愛されずして沖遠く泳ぐなり　　藤田湘子《しょうし》

この句は「愛されずして」「沖遠く」「泳ぐなり」という構成で、七五五という形になっています。つまり「五七五」の定型ではないけれど、トータルでは十七音にまとまっているという形。こういう形の句を「句またがり」と言って、定型から見れば一つの「変形」とされています。

木の葉ふりやまずいそぐないそぐなよ　　加藤楸邨

こちらは「木の葉ふりやまず」「いそぐな」「いそぐなよ」ですから、八四五という「変形」での十七音。でも、句意はこの変わった調子で非常によく伝わってきますね。「句またがり」という「変形」の効果でしょう。

こういった句は、かなりの上級者の作ですので生半可に真似をすると「単なるバラバラ」という結果になりかねません。ですから、まずは「句またがり」の名句を口に出して詠んでみて、その独特のリズム感を感じてみることをお勧めしておきましょう。

たとえば藤田湘子の句ならば、作者の構成意図の通り「愛されずして」と一気に読んで後に続けてもいいですし、あえて「愛されず」「して沖遠く」「泳ぐなり」と五七五定型の形で詠んで、そこから醸し出される不思議な味わいを楽しむのもいいかもしれません。

「切れ」という重要ポイント

俳句作りの最重要ポイントと言ってもいいものに「切れ」があります。何度も述べてきたように、俳句は「五七五」、わずか十七音の短い詩です。でも、その中に様々なニュアンスを託すことが出来るというのは、この「切れ」の効用にほかなりません。

「切れ」というのは、文字通りそこで「切れる」ということ。意味も調子もだらだらと続けず、いったんそこで切って、空間感、間合い、余韻、あるいは違うコンセプトの提出などを作ることになります。

具体的にいえば、「や」「けり」「かな」といったものが代表的な「切れ字」とされますが、それらの「切れ字」を使うことで、普通の文章における「、」や「。」、つまり句読点の働きが生まれるというわけです。

たとえば、次の一句。

しぐるるや駅に西口東口　　安住　敦

「しぐるるや」の上五の「や」が切れ字で、ここでいったん切れます。そして「駅に西口東口」という、いわば別のフレーズが入ってくるわけです。普通の文章にすれば「外は時雨ていますね。駅には西口と東口があるんです。」というだけの話ですが、これを「や」

という切れ字を使った俳句にすると、「さて……、」というので、ここからは読み手の想像に任されて「二人は会えたのかどうか」とか「お父さんたちはそれぞれの家路につくんだなあ」とか、様々に思いを巡らせることになります。

あるいは、日本一有名な俳句かもしれない次の一句。

古池や蛙《かわず》飛び込む水の音　　松尾芭蕉

この句も「や」の効果で、小さな一景の表現が宇宙的な広がりを持つ哲学的な文芸になったといわれています。つまり「古池に」ではなく、「古池や」なのだ、ということです。「古池に蛙飛び込む水の音」では、小学生の作文になってしまいます。作文、説明文なら、読んでも「ああ、そうですか」でおしまい。何の余情、余韻、感慨も生みません。

作文、説明文ではなく、独得の短詩の文芸として俳句を成り立たせているもの、それが「や」「かな」「けり」といった「切れ字」だということです。

作文や説明文のような普通の文章のことを「散文」と言い、俳句や短歌のような一定の形のあるものを「韻文」と言います。そして、俳句が散文的になるのを憂い、「韻文精神」を唱えた石田波郷《はきょう》に次の一句があります。

霜柱俳句は切れ字響きけり　石田波郷

「や」「けり」「かな」の切れ字は、一句に空間を広げ、読者の想像力を誘い、作者の思いを強調し、いわゆる余韻、余情、詠嘆、感動を深めてくれます。

いずれにしても、そこで切るということは、だらだら説明しない、言いたいことがあってもそこでせき止める、つまり言い切るということ。これが俳句にとってはきわめて重要なのだということを教えてくれます。

俳句は余情、余韻の文芸ともいわれますが、それを技法的に支えているのが「切れ」だということです。

ただ、切れ字の効果はかなり大きいので、短い表現である俳句では「切るのは一カ所にしておきましょう」ということになります。短い中で二つも三つも切ったら、それこそバラバラになってしまうというわけです。

でも、そうは言いながら、これまた例外があって、たとえば中村草田男が詠んだ次の一句は、切れが二カ所にありますが、そうした「欠点」を飛び越えるスケールの詠みっぷりが多くの人の心を捉えました。

降る雪や明治は遠くなりにけり　中村草田男

実は、切れは「や」「かな」「けり」だけではありません。漢字などの名詞でも「切れ」を作ることが出来ます。

たとえば、飯田蛇笏《だこつ》の名句。

芋の露連山影を正しうす　飯田蛇笏

この句は「芋の露」でいったん切れます。そのことによって、「芋の露」の近景と「連山」の遠景のコントラストが際立つという効果を生んでいるわけです。これをもう少し詳しく見れば、先の「古池や」の「や」と同じく「芋の露や」がベースにあって、上五の定型に整えるときに「や」が消えたと考えてもいいでしょう。

このように「や」「けり」「かな」を使わなくても、「切れ」になりますし、「切れ」にも大きく切れたり軽く切れたり、という変化があります。「切れ」が俳句の表現を豊かにしてくれるということを、ここでは覚えておいていただきたいと思います。「切れ」あってこその俳句表現ということです。

俳句は報告ではない

人は生きている限り、様々な事象に出会います。そうしたときに、様々な感慨をもつのもまた人間です。その感慨を五七五の十七音にまとめてみる。俳句はそうした人々の暮らしの傍らにある、誰にでもできる文芸だというふうに考えておきましょう。

そして、その感慨や感動、願いや思いを伝える手段、技法が様々ある中で、なぜ自分は「俳句を選んだのか」、なぜ「俳句という表現形式が好きなのか」ということをいつも考えていたいと思います。

説明文や作文、小説やエッセイ、自由詩ではなくて、なぜ俳句なのか。また、三十一音の余裕があり、季語の約束も緩い短歌ではなくて、なぜ俳句なのか。

そのあたりを考えていくと、いつも「俳句はあれこれと説明が出来ないんだ」ということと、だからといって、簡単に「自分の結論」を言っても人に伝わるものではない、というところに行きつきます。

また、美しいものをそのまま「美しい」、寂しいことをストレートに「寂しい」と言ってしまえば、相手も「ああ、そうなんですね。あなたはそう思っているんですね」ということで終わってしまいます。結論を相手に押し付けない。フーテンの寅さんではありませんが、「それを言っちゃあ、おしめえよ」を肝に銘じておきましょう。

そうした思いが交錯する中で、先人は様々なコンセプトを作り、後輩たちに教えてくれています。

たとえば「客観写生」「花鳥諷詠《かちょうふうえい》」を唱えて近現代の俳句界をリードした高浜虚子は、「写生」、対象をしっかり見ることを教えてくれました。

遠山に日の当りたる枯野かな　　高浜虚子

流れ行く大根の葉の早さかな　　同

また、「俳句は余技」と言いながら俳句結社を主宰し、俳句の天才とうたわれながら、自らは「俳句は浮かぶもの」と言いきった久保田万太郎は、人生の哀歓、奥深さをしみじみと伝えてくれました。

わが胸にすむ人ひとり冬の梅　　久保田万太郎

そして現役最長老、波乱万丈の生き方の中で「荒凡夫《あらぼんぷ》」を貫き、九十五歳の今も俳句界に影響を与え続けている金子兜太《とうた》さんは、次のように詠みきっています。

今を生きて老い思わずと去年今年《こぞことし》　　金子兜太

一句一章、取り合わせ、推敲《すいこう》

実作に際して、俳句の作り方にはおおよそ二つの方法があることを覚えておいてください。

まず一つ目は「一句一章」という作り方。「一物《いちぶつ》仕立て」ともいわれます。たとえば、次の句のような形。

帚木《ははきぎ》に影といふものありにけり　高浜虚子
くろがねの秋の風鈴鳴りにけり　飯田蛇笏

「帚木」という夏の季語、「秋の風鈴」という秋の季語を中心に、五七五がよどみなく詠まれて、「けり」という切れ字で大きく切って、余情を深めるという形。つまり、一つのことを一つの句で表現しているという形で、これを「一句一章」または「一物仕立て」の俳句と言っています。

この形の作り方、詠み方は、うまくいけばほんとに気持ちよく、大きな、感慨深い名句となります。紹介した二句なども名句中の名句といわれています。ただ、下手にやると、単なる報告、説明におちいりやすく、「ああ、そうですか」でおしまいになってしまいます。この二句なども読み方が浅いと、「ふーん」で終わってしまうかもしれません。一見、初心者にとって作りやすいように思える方法ですが、要注意ということになると思います。

今、最も多く用いられている作句の方法といえば、「配合」「取り合わせ」ということになるでしょう。たとえば、一つの感慨や事象と、それに合う季語を「配合」し「取り合わせる」、あるいは季語に対する思いに自分の言いたいことを「配合」し「取り合わせる」という方法です。

たとえば、次の二句。

菊の香や奈良には古き仏たち　　松尾芭蕉
ゆく春やおもたき琵琶の抱きごころ　　与謝蕪村

芭蕉の句は「菊の香」を言っているわけでも、奈良には古い仏たちがたくさんある、ということを言っているだけでもありません。上五と中七・下五が一体となったときに、初めて奈良という古都のなんとも言えない情趣が浮かび上がってくるのです。

蕪村の句も、「ゆく春」という季節感と、琵琶を弾いているときに重たさを感じたという気分に直接関係はありません。でも、その上五と中七・下五が一対となったときに、読み手には見事に「ゆく春」のニュアンスが伝わってくるのです。まさに「配合」「取り合わせ」の効果、為《な》せるわざと言えるでしょう。

そして、こうした「配合」「取り合わせ」は、季語とその他のひと固まりの句の間に、それほど離れた感じはありません。なるほどな、と言えるぐらいの距離感で季語が配合され、取り合わされています。まさに「つかず、離れず」の妙です。

こうした「配合」「取り合わせ」は芭蕉の時代からあった作句法ですが、昭和の時代、人間探究派といわれた加藤楸邨の「鰯雲《いわしぐも》人に告ぐべきことならず」や石田波郷の「初蝶やわが三十の袖袂《そでたもと》」などによって現代的な再定義がなされ、広く行われることになりました。

この「配合」「取り合わせ」は、季語と別のひと固まりの句で構成されているということで「二句一章」ともいわれます。それは先の「一句一章」に対応する言い方です。

たとえば、次のような句。

夏草に汽《き》罐《かん》車《しゃ》の車輪来て止る　　山口誓子

この句も、季語と別のひと固まりのフレーズで構成された「配合」「取り合わせ」の句ではありますが、先に紹介した芭蕉や蕪村、加藤楸邨や石田波郷の句に比べると、ちょっと違う感じがするのではないでしょうか。

それは何かと言えば、季語の季節感がどうこうというよりも、夏草という物と蒸気機関車の車輪という物の、物と物の対比、質感の対比、青々とした夏草と黒く大きな動輪の色の対比、静と動の対比、映像的効果などの方が重要視されているということです。

こうした対比をより重要視する方法を、「配合」「取り合わせ」の中の「二句一章」でも特に「二物衝突」とか「二物衝撃」と言ったりします。このような形になっていくと、季語の季節感は薄れ、俳句というより現代詩に近くなっていきますので、「取り合わせ」で季語と「つかず、離れず」がうまくいっているかなどというよりも、いかに詩としてのインパクトがあるかどうか、ということに議論が移っていきます。

この作句法をとる人は現代ではけっこういますが、初心者がやると往々にして「単にワケのわからない句」「独りよがりの句」になってしまいます。これもまた、要注意でしょう。
作句において最も大事なことは、「五七五の有季定型」で一句詠めたとしても、それで「はい、出来上がり」としないこと。つまり、「推敲」の重要性です。
ほんとにこれで自分の言いたいことは表現できているだろうか、独りよがりになってはいないか、余計なことを言ってはいないか、省略できることばはないか、読み手に伝わるだろうか、といったことをポイントにして、何度も点検、見直してみることです
たとえば、次のような句が出来たとしましょう。

愛用の火襷《ひだすき》の湯飲みに梅一輪

「句意」としては「愛用の備前焼の火襷模様の湯飲みがあって、それでお茶を飲んでいると、外は梅が一輪咲くくらいの早春の空気感になっている」ということで、寒さもやわらいできた「ほっこり感」を詠みたかったのでしょう。
でも、中九になっていて五七五の定型から外れ、どうにもリズム、調子が悪い。火襷もいかに愛用であっても、マニアでなければなかなか伝わらない。「愛用の」というのも個

人的な感想で、それを人に言っても「そうなんだね」でおしまい。

ですから、まず中七の「の」とか「に」といった余計な助詞を省き、五七五の定型にする。わかりすい陶芸語句を使う。愛用と言わなくても、いつも使っていることが伝わる表現を工夫する、そのために語順も入れ替えてみる、といった点検、再点検作業をします。

そうした「推敲」の結果、先の句が次のような形になりました。

古伊万里の湯飲みを今朝も梅一輪

これで五七五の定型になりましたし、古伊万里もわかりやすいし、「今朝も」で「ああ、いつも使っているんだな」ということが伝わるようになったのではないでしょうか。ただ、中七の「を」がどうかな。いま一つ締まりがないかな……。こんなふうな「推敲」をぜひ続けていただきたいと思います。

先人に学ぶ。「これでいいや」と投げ出さない。この二つが何よりの上達の近道です。

第十一章

仲間と作る面白さ、集ううれしさ、「句会」という楽しみ

自己主張と人間関係を両立させる俳句の効果

ここまで、俳句に関わっている人たちには心身ともに元気な長寿者が多いこと、五七五の定型リズムに乗って作る俳句が脳になんらかの活性化効果をもたらしていること、実際に俳句を作るためにあちこちに出かけてよく体を動かしていることなどを挙げて、いきいきした健康生活のために俳句作りがいかに有効かを紹介してきました。

そして、その俳句作りは誰でもいつでもできる、むつかしいものではないということも書き綴ってきました。

それらを併せて、この最終章では俳句作りの面白さ、うれしさ、楽しさ、幸福感といった事柄を伝えていきたいと思います。それが俳句による「健康いきいき生活」に大きく関わると考えるからです。

まず、俳句の生い立ちを考えると、連句というものに行きつきます。これは何人かが集まって、五七五、七七、五七五、七七、という句を作り、リレーしていって、全体として一つの「作品」とするという集団制作文芸で、このことから「俳句は座の文芸である」とも言われているわけです。

つまり、自分が作った句の中に「バトン」の部分を意識的に残し、それを次の人に渡してリレーしていく。バトンが渡らなければ全体が出来あがらない。したがって次の人、そして座全体とのコミュニケーションが成立するような句でなければ意味がないということになります。独りよがりでは成り立たない、と言ってもいいかもしれません。

違うイメージでいえば、サッカーで個性的なパスをつなぎながらゴールを目指す感じでしょうか。意図や狙いが「見え見え」の簡単なパスだけではなく、お、そういうコース、そういうボールでパスしてくるか、ということを仲間と競い楽しみながらゴールに迫る、という感じ。ただし、必ずパスは通さねばなりませんから、相手の位置など、受け手のことも十分に意識しなければそれは成り立ちません。

他の人と関係を持ち、関係を保つためにきちんとコミュニケーションをとる。俳句という文芸は、本質的にそういう要素を持っています。俳句は一人でもできるけれど、仲間と一緒に作ってこそ面白いし、楽しいし、いいものができる、というわけです。

一方で、自己主張がなくては「何かを表現する」「何かをアピールする」という行為の意味がありません。

俳句結社「炎環」主宰の石寒太さんは、俳句作りのポイントを「はっきり、すっきり、どっきり」という言葉で伝えてくれています。「はっきり」は言いたいことをきちんとまとめる、感情過多になっていないか点検して俳句の中心を一つにする、ということ。「すっきり」は相手に伝えるために、独りよがりを避けて使うことばを吟味する、ごたごたを整理する、ということ。「どっきり」は自分ならではのモチーフ、テーマになっているか、常套句《じょうとうく》で満足していないか、人真似ではないか点検し、自分ならではの表現を心がける、ということ。こういうふうに理解しておいて間違いないと思います。

こういったことを考えてみると、俳句はその自己主張の要素と、他者と通じ合うという要素のバランスが実にうまくとれた表現行為だなあ、としみじみとわかります。俳句は人間関係をつくり、保つのに絶好のツールである、と言えるのです。

これは、健康でいきいきした生活の基礎は良好な人間関係だ、というテーマに大きく関わります。そして、その人間関係の中で自分の意見、自己主張など言いたいことをきちんと表現、表出していくことが、お互いの心身の健康の維持に役立つというのは、ご存知の通りです。

これらの事柄は、すべての人々に通じる話です。老若男女を問わず、たとえば疎外感に悩んでいる人、定年後、なにかと引っ込み思案になっている人などに、ぜひ俳句作りと俳句仲間への参加をお勧めしたいと思います。

「行くところがある、会う人がいる、することがある」

心身の健康に対する俳句の有効性は、すべての人に当てはまることです。なかでも特に年配者、高齢者には有効性が高いのではないかと思われます。

最近よく聞く言葉に「老後の三原則」＝「①行くところがある、②会う人がいる、③することがある」というのがあります。この三原則を俳句をやっている年配の方々のあれこれに当てはめてみると、まさにそれこそ「俳句の世界」という答えが導き出されます。

まずその一「行くところがある」について。

俳句をやり始めると、まず自分で「五七五」の定型の中でそれなりのモチーフやテーマをまとめる努力をします。そして一句出来上がるのですが、それがいいのか悪いか、そこが一人ではわからない。というわけで、「ＮＨＫ俳句」や全国紙・地方紙の俳句欄、俳句雑誌や「サンデー毎日」などの投句欄、各俳句大会への投句などをやって、入選するかどうかを試してみる。結果、落選を続けて、いやになる。あるいはたまに入選したとしても、後が続かない。こういうパターンの人が多いのではないでしょうか。

でも、そこでやめてはいけません。元も子もありません。どうすれば続けられるのか。多分、多くの方々は誰かに批評を求める、指導者のどなたかに良しあしの評価を委ねる。こういうことの必要性をひしひしと感じることになると思います。では、どうするか。

その答えはいくつかあります。ＮＨＫや各新聞社などがやっている文化教室、カルチャーセンターの講座に入会する。各自治体などが住民のために開いている俳句教室に入る。あるいは、俳句の雑誌を見たりして好きな俳人が主宰している俳句結社に入り、その句会に出るようにするとか、地域の知り合いの中で俳句同好会的なものがあればそこに参加する。

こういったことですが、いずれにせよ「俳句に関わる場所」に出かけて**いく**ことになります。それもある程度、定期的に出かけることになるでしょうから、自分のスケジュールとして「行くところ」ができるというわけです。

人に言われて行く、仕方なく病院に行く、というのではなく、自分の意思で決めた「行くところ」であり、スケジュールであり、というのがうれしいですよね。もちろん、出かけていくという運動効果も見込めます。

その二「会う人がいる」。俳句教室や句会に行くようになると、先生はもちろん、同じ俳句をやっている仲間に会う楽しみ、喜びが生まれます。人間、一人で閉じこもっていたら、ろくなことはありません。人と会って語り合い、笑い合ってなんぼ、です。そのうちに、おいしいものでも、お酒でも、カラオケでも、映画でも、旅でも、俳句以外の楽しみを共にできる友達が増えていくと思います。「会う人がいる」ことの絶大なる効果です。

その三「することがある」。これはもちろん、俳句を作るということです。信頼する好きな先生に指導を仰ぐ。俳句仲間たちとあれこれ批評し合いながら表現行為を楽しむ。そうこうするうちに、一人でやっていた頃に比べると俳句も格段に上達しているし、心身ともに元気はつらつ、いきいきと暮らしている自分に気がつくと思います。「することがある」ということの大事さです。

「句会」に参加してみよう！

俳句で「行くところがある」といえば、まず「句会」です。

仲間と一緒に、むつかしく言えば切磋琢磨《せっさたくま》、研さんを積みながら俳句作りを楽しみ、レベルアップを図る。そのための一番いい方法が句会です。結社の句会や俳句勉強会、俳句同好会に入れば句会がありますから、そこに参加すればいいというわけです。

でも、さあ句会にいらっしゃいよ、と言われてもなんだか様子もわからず、どうすればいいのかも段取りも知らず、ついつい尻込みしてしまう。そういう人も多いと思います。

ここで、一応の句会の仕組みと段取りを紹介しておきましょう。普通に先生がいて、その人を中心に集まっている人たちの句会の場合、規模は五、六人から百人超のものまで様々ですが、基本的なやり方はみな同じです。世話役は「投句用紙」か「短冊」、そして「清記用紙」と「選句用紙」を用意します。

まず、ほとんどの句会では何句出すのかという「出句数」が決まっています。ですから所定の句会場に行って受付を済ませ、句会費を払い、出句数の決まりに従って、用意された短冊や投句用紙に四句なら四句、五句なら五句書いて投句します。

なおこのとき、特別な指示がない限り、短冊や投句用紙には自分の名前は書きません。句のみ書いてください。投句された句がその場で誰の句かわかると選句に影響することがありますので、それを避けるためにこのようにしています。

投句に関しては、大規模な会の場合はその場での処理が大変なので、ハガキや所定の用紙での「事前投句」を求められることもあります。その場合はもちろん、自分の名前を明記して送ります。最近はインターネットで「事前投句」をやることも増えて、処理の煩雑さがかなり軽減化されたようです。

さて、普通の句会では全員の無記名投句が終わると全句をシャッフルし、一人に何句といった形で手分けして所定の「清記用紙」に清書します。小規模の句会で出句数も少ない場合は「書記役」が全句を清書するというパターンもありますが、多くは全員が手分けして清書作業をします。

「清記用紙」は一枚に五句とか八句とかを書けるようになっていますが、このとき、誤記や脱字、崩し字をしないように注意して正確に書き写すことが大切です。一字間違ったり読めなかったりすると、俳句は成り立たなくなります。「清記」が終了すると、その

「清記用紙」を全員に回覧します。回覧は時計回りとは逆、右手の人に渡していくのが基本です。

この「清記用紙」の回覧のときに「選句」をします。句会の中心となる作業です。まず自分が清書した用紙に記された分から良いと思う句をチェックし、順次回覧分をチェックしていきます。その中から四句選とか、五句選とか、その句会の取り決めに従って選句をし、それを「選句用紙」に記し、記名して係に提出します。これで「選句」終了。

全員の「選句用紙」提出が終われば、次は発表です。これを句会では「披講《ひこう》」と言います。句会によって、披講係の人が代表して各自の選句を「○○選」として詠み上げる場合と、各自が自分で「○○選」として詠み上げる場合とがあります。

この披講（選句発表）のときに、選ばれた人がその句は自分であるということで「××」と名乗りを上げる場合もあれば、披講のときに名乗りはせずに、後で選評がなされるときに名乗るというケースもあります。それは指導者がいる場合とか、同好会や学習会的にやっている場合など、句会によって異なります。

いずれにせよ、この「選句」と「選評」が句会の基軸。指導者のいる句会はその人の「選句と講評」がきわめて重要ですし、そうではない場合でも、それぞれの人の「選句と選評」は自分の上達に役に立つものですから、素直な気持ちで耳を傾けたいものです。また、自分の「選句」と他の人の「選句」の違いを検討、学習することも上達の近道です。特に指導者のいる句会では、その人の「選句」はどうなっているのかを学ぶことも、句会参加の大きな意義と言えるでしょう。

互選、吟行《ぎんこう》、俳号など、ともかく句会は楽しい

句会に参加するときは、どういう俳句を作るのか。これには「当季雑詠《とうきざつえい》」と「題詠《だいえい》」という、いわば宿題のような「題」で俳句を作っていく場合があります。それに加えて「席題」といって会場で出された「題」ですぐその場で俳句を作るという形や、「吟行」と言って特別に半日、一日、一泊二日、戸外に出てそこで開く句会もあります。

「当季雑詠」とは「梅雨」とか「紅葉」といった、その時期に合う季語を使った俳句ならばOKというもの。「題詠」はあらかじめ次の句会はこの題でやりますよ、という「出

題」があって、それで作った句を持参するという形です。

いずれにせよ、そうして出した自分の句が誰かに選ばれるというのは、ほかでは味わえない喜びになっていきます。とりわけ、所属する結社の主宰者や会の指導者の選に入ったときの喜びは、何物にも代えがたいといわれます。

やはり人間は社会的存在ですから、なんらかの評価を受けたいもの。ほめられたいものです。ほめられることが明日の元気、希望につながります。

また、四句選のうち一句を「天」（最優秀句）にして互選のときの得点を加算するとか、五句選を「天地人客客」（五句選のうちの上位三句と入選二句）の形にして「天地人」の上位三句にはそれぞれ選んだ人が賞品を出すというスタイルでやっている会もあります。こういう趣向もまた、句会の楽しみを増してくれることになるでしょう。

そして、よろしければどうぞ、ということで二次会が開かれることもありますが、ここで繰り広げられるフリートーク、忌憚《きたん》のない意見交換なども、明日への活力になることと思います。

以上は句会の一例ですが、「吟行」はいつもの会場とは別の特定の場所、たとえば東京スカイツリーに出かける、名所旧跡を訪ねる、一泊で温泉に行く、といった形で「戸外散策」に句材を求めて開く句会です。これを大人の「遠足」という人もいます。

この「吟行」句会はおおかた「嘱目《しょくもく》」といって、吟行の中で目に触れたものすべてがモチーフ、テーマになりますので、「何を見」「何を感じたのか」ということが後で開かれる句会に如実《にょじつ》に現れます。これまた非常に刺激があり、実質的な楽しみも多い句会と言えるでしょう。「吟行」に行ったときに、俳句をやっていてよかったと思った、という人がたくさんいます。当然の感想というべきでしょうね。

もう一つ、別の方向からの俳句の楽しみ方を紹介しておきましょう。それは俳号です。つまり俳句の世界におけるペンネーム。これを持つことによって、あなたは俳号による「別の人生」を生きることもできるのです。

芭蕉、子規、虚子、楸邨《しゅうそん》、草田男《くさたお》、波郷《はきょう》、久女《ひさじょ》、真砂女《まさじょ》、みんな俳号です。この俳号を用いることで、一種のフィクションと言いますか、実社会とは違う別の世界の住人となることが出来るのです。つまり、実社会で社長でも教授でも主婦でもサラリーマンでも年金生活者も、句会で俳号で呼び合うときは「俳句仲間として平等」なのです。

ですから、俳句を少々辛く批評されたからといって、へそを曲げてはいけません。俳号○○の俳句が批評されたのであって、社長として批判されたわけではありません。次の俳句の上達に資することであればいいのです。あるいは現実では介護の日々を送っていても、俳号の世界では思いは自由に解放されているという人もいます。

石寒太さんの結社「炎環」には主宰の意向か、俳号で俳句をやっている人が多いことが知られています。たとえばその中で「きんぎょ」や「まんぼう」「イザベル」といった俳号を持った方々がいて、その方々はまさに「きんぎょさん」「まんぼうさん」「イザベルさん」としてのもう一つの人生を楽しみ、満喫しているように思えます。

こうした融通無碍《ゆうづうむげ》な世界を楽しむというのも、心身ともに「健康いきいき生活」を続けるために、大いに役立っているのではないでしょうか。

旅の楽しみを増す俳句

先に「吟行」は「大人の遠足」と言いましたが、俳句をやることで旅の楽しみが増えた、という人がたくさんいます。「転地療養」ということばもありますが、知らないところに行く心浮き立つ感じ、移動感覚など、旅は心身をリフレッシュさせてくれます。

もともと旅の中に詩歌のモチーフ、テーマを求める伝統が日本の文芸にはあって、「歌枕」などといわれて親しまれてきました。俳句もその伝統の中で芭蕉や蕪村《ぶそん》の名句を生んできたのでした。

なかでも芭蕉は、「風光の人を感動せしむる」と言って多くの旅の名句を残してくれました。もちろん、近現代の俳人たちの中からも多くの旅の名句が生まれています。

花の旅いつもの如く連れ立ちて　高浜虚子
伊豆の海や紅梅の上に波ながれ　水原秋櫻子《しゅうおうし》
寒風の砂丘今日見る今日のかたち　山口誓子《せいし》
隠岐《おき》やいま木の芽を囲む怒濤《どとう》かな　加藤楸邨
玫瑰《はまなす》や今も沖には未来あり　中村草田男
みちのくの伊達《だて》の郡《こおり》の春田かな　富安風生
広島や卵食ふ時口ひらく　西東三鬼《さいとうさんき》
長崎の暗き橋ゆき遠花火　橋本多佳子

北岳のかがやき増せば一挙に冬

福田甲子雄《きねお》

全国に航空路や新幹線の線路が延び、高速道路のネットワークも広がり続ける現代、芭蕉の時代とは比べものにならないくらい旅は身近なものとなりました。しかし、この列島の四季の巡りの中で、旅から得られる俳句的興趣の本質は変わらないものと思われます。そこから生まれた一句は、旅の思い出を一段と印象深いものにしてくれるでしょう。それだけでなく、俳句が上達してくると「俳句のための旅」という気持ちも生まれてくるのではないかと思います。

また、現代では海外旅行も手軽なものとなりました。そして、そうした旅の中で俳句を作ってみようという人も多くなりました。ただ、歳時記に残る季語はあくまで日本列島の季節感を元にしたものですから、アマゾンやサハラ砂漠の一句に「露」とか「炎天」といったことばを入れても、それは単なる単語であって季語とは言えず、果してそれが俳句だろうか、土地柄や気候も知らないから鑑賞もできないだろうという向きもあります。とはいえ、五七五の定型の一行詩としては貴重な旅の思い出を記すものとなるでしょうから、海外の旅でも思いついたら五七五で書き留めておくといいのではないでしょうか。

健康の素《もと》は夫婦の愛情

俳句を作る楽しさ、うれしさ、活動的な表現活動が、心身ともに健康に好影響を及ぼすというテーマを書き綴ってきました。そして、そのうれしさや楽しさは、「俳句仲間と共にやる」ことに起因するとも言ってきました。

ここで改めて、自分にとって最も身近な仲間とは誰だろうと問うてみると、それは妻であり夫であるということに気がつきます。夫婦こそ最強の仲間。だとすれば健康の素は、夫婦の深い愛情にあり、とも言えるのではないでしょうか。

そうした夫婦の愛情の記録とも言える名句を、先人たちはたくさん残してくれました。その名句の中のいくつかを紹介して、「〝健康いきいき〟俳句生活のすすめ」というテーマのまとめにしたいと思います。

切干やいのちの限り妻の恩　日野草城

妻抱かな春昼《しゅんちゅう》の砂利踏みて帰る　中村草田男

洗ひ上げ白菜も妻もかがやけり
なれゆえにこの世よかりし盆の花
熱燗《あつかん》の夫にも捨てし夢あらむ
夫といふ不思議な人と花の下

能村登四郎《のむらとしろう》
森　澄雄
西村和子
小田八重

石 寒太（いし かんた）
1943（昭和 18）年、静岡県生まれ。本名・石倉昌治。
69 年「寒雷」に入り、加藤 楸邨《しゅうそん》に俳句を学ぶ。
俳人。「炎環」主宰、「俳句αあるふぁ」（毎日新聞出版）編集長。
句集『あるき神』（花神社）・『生還す』『以後』『石寒太句集』（共にふらんす堂）等のほか、『山頭火』（毎日新聞社）・『尾崎放哉』（北溟社）・『宮沢賢治の全俳句』（飯塚書店）・『わがこころの加藤楸邨』（紅書房）・『芭蕉の晩年力』（幻冬舎）・『「歳時記」の真実』（文春新書）・『初めての俳句の作り方』（成美堂出版）・『俳句はじめの一歩』（リヨン社）など、著書多数。

谷村鯛夢（たにむら たいむ）
1949（昭和 24）年、高知県生まれ。本名・谷村和典。
72 年、同志社大学文学部卒業。婦人画報社入社後、「婦人画報」「25 ans ウェディング」「トランタン」等で編集者・編集長を務める。現在は編集工房・鯛夢を主宰し、出版プロデューサー、コラムニストとして活躍。俳句活動も長く、俳人協会・現代俳句協会会員、「炎環」同人。著書に『胸に突き刺さる恋の句』（論創社）がある。

いきいき健康「脳活俳句」入門

2015年5月20日　第1刷発行

著　者　石 寒太・谷村鯛夢
発行者　八重 勉
発行所　株式会社ペガサス
〒171-0021 東京都豊島区西池袋1-5-3
TEL. 03-3987-7936
印刷・製本　モリモト印刷株式会社

Printed in Japan　ISBN978-4-89332-066-7